Usborne Quicklinks

This book has its own Usborne Quicklinks Web ~~where~~ you can listen to all the words and phrase by a native Italian speaker.

To visit the Quicklinks Web site for this book, go to **www.usborne-quicklinks.com** and enter the keywords "italian dictionary for beginners".

Listening to the words

To hear the words and phrases in this book, you will need your Web browser (e.g. Internet Explorer or Netscape Navigator) and a program such as RealPlayer® or Windows® Media Player. These programs are free and, if you don't already have one of them, you can download them from Usborne Quicklinks. Your computer also needs a sound card but most computers already have one.

Picture puzzles and useful Web sites

In Usborne Quicklinks you will also find Italian picture puzzles that you can print out for free, and links to lots of other useful Web sites where you can listen to Italian radio, improve your Italian grammar and find out more about the country and culture.

Disclaimer

The Usborne Quicklinks Web site contains links to external Web sites that do not belong to Usborne Publishing. The links are regularly reviewed and updated, but Usborne Publishing is not responsible for the content on any Web site other than its own. We recommend that children are supervised while on the Internet, that they do not use Internet Chat Rooms, and that you use Internet filtering software to block unsuitable material. Please ensure that children read and follow the safety guidelines displayed in Usborne Quicklinks. For more information, see the **Net Help** area on the Usborne Quicklinks Web site.

Meeting People

Buon giorno!

Arrivederci!

A presto!

dare un bacino

l'uomo

la donna

il bebè

dare la mano a

il ragazzo

la ragazza

Buon giorno!	Hello!	l'uomo (m)	man
Arrivederci!	Goodbye!	la donna	woman
A presto!*	See you later.	il bebè	baby
dare la mano a	to shake hands with	il ragazzo	boy
		la ragazza	girl
dare un bacino	to kiss		

presentare

incontrare

Come va?

Bene, grazie.

l'amica

l'amico

presentare	to introduce	Come va?	How are you?
l'amica (f)	friend (f)	Bene, grazie.	Very well thank you
l'amico (m)	friend (m)		
incontrare	to meet		

*You can find the literal meaning of phrases and expressions in the Phrase explainer section on pages 106-9.

USBORNE INTERNET-LINKED
ITALIAN
DICTIONARY
FOR BEGINNERS

Helen Davies and Giovanna Iannaco
Illustrated by John Shackell
Designed by Brian Robertson
Edited by Nicole Irving

Additional designs by Kim Blundell, Stephen Wright and Sarah Cronin
Editorial help from Nikky Twyman, Ernestine Montgomerie and Katie Daynes

Contents

(m)

(f)

About nouns

Italian nouns are either masculine or feminine (this is called their gender). "The" is **il** or **lo** when the word is masculine and **la** when it is feminine. When a noun begins with a vowel, **lo** or **la** is shortened to **l'**. In this book, the gender of each noun is shown in the word box using the abbreviations **(f)** for feminine and **(m)** for masculine.

Look out too for these abbreviations: **(s)** singular and **(pl)** plural. In the plural, the word for "the" is **i** or **gli** for masculine nouns and **le** for feminine nouns. In Italian, nouns that describe what people do or are (e.g. dancer) often have a masculine and a feminine form. Both forms are given at the back of this book.

About adjectives

Italian adjectives change their ending depending on whether the noun they are describing is masculine or feminine. Most adjectives end in **o** in the masculine and **a** in the feminine. Adjectives ending in **e** are for both **(m)** and **(f)** nouns (see page 98). In the picture labels in this book, the adjectives match the nouns illustrated. Both **(m)** and **(f)** forms are given in the word boxes.

About verbs

Verbs in this book appear in the infinitive (e.g. "to hide" in English). Most Italian verbs have infinitives ending in **are**, **ere** or **ire**. You can find out how to use verbs on page 99. There is a list of irregular verbs on page 103.

discorrere	to chat
Sì	Yes
No	No
D'accordo.	I agree.
dire	to say
scoppiare in una risata	to burst out laughing

discorrere

Sì

No

D'accordo.

dire

scoppiare in una risata

il nome

il nome di battesimo

Carla BUZZATI

il cognome

il nome	name
il nome di battesimo	first name
il cognome	surname
Come ti chiami?	What's your name?
Mi chiamo...	My name is…
Si chiama...	His/her name is…

Mi chiamo…

Si chiama…

Come ti chiami?

l'età

Quanti anni hai?

giovane

più grande di

più giovane di

vecchio

Ho diciannove anni.

la stessa età di

l'età (f)	age	**vecchio(a)**	old
Quanti anni hai?	How old are you?	**più grande di**	older than
Ho diciannove anni.	I'm nineteen.	**più giovane di**	younger than
giovane	young	**la stessa età di**	the same age as

Families

la famiglia
il padre
la madre
il nonno
la zia
lo zio
la nonna
il fratello
la sorella
la cugina
il cugino

la famiglia	family	**la nonna**	grandmother
il padre	father	**la zia**	aunt
la madre	mother	**lo zio**	uncle
il fratello	brother	**la cugina**	cousin (f)
la sorella	sister	**il cugino**	cousin (m)
il nonno	grandfather		

essere parente di
il figlio
il nipote
la figlia
la nipote
il nipote
educare
voler bene a
la nipote

essere parente di	to be related to	**la nipote**	granddaughter
il figlio	son	**voler bene a**	to be fond of
la figlia	daughter	**il nipote**	nephew
educare	to bring up	**la nipote**	niece
il nipote	grandson		

la moglie

il marito

i genitori

amare

i figli

i gemelli

il figlio unico

la moglie	wife
il marito	husband
i genitori	parents
amare	to love
i figli	children
i gemelli	twin brothers
il figlio unico	only son

la vita

l'infanzia

il matrimonio

la nascita

nascere

sposarsi

lo sposalizio

la morte

lavorare

la vecchiaia

morire

il funerale

la vita	life	lo sposalizio	wedding
la nascita	birth	lavorare	to work
nascere	to be born	la vecchiaia	old age
l'infanzia	childhood	la morte	death
il matrimonio	marriage	morire	to die
sposarsi	to get married	il funerale	funeral

7

Appearance and personality

carina

bello

carino(a)	pretty
bello(a)	handsome
forte	strong
debole	weak
magro(a)	thin
snello(a)	slim
grasso(a)	fat

forte

magro

debole

snella

grasso

avere i capelli biondi

essere calvo

…i capelli bruni

…i capelli rossi

…i capelli lisci

…i capelli ricci

… la frangia

… le trecce

avere i capelli biondi	to have blond hair	**i capelli ricci**	curly hair
i capelli bruni	brown hair	**la frangia**	a fringe
i capelli rossi	red hair	**le trecce**	plaits
i capelli lisci	straight hair	**essere calvo(a)**	to be bald

gentile

scortese

carina

sciocco

allegra

timida

di malumore

simpatico

buffa

gentile	polite
scortese	rude
carino(a)	nice
sciocco(a)	silly
timido(a)	shy
simpatico(a)	friendly
buffo(a)	funny
allegro(a)	cheerful
di malumore	miserable

il colorito

scuro

chiaro

portare gli occhiali

aggrottare le sopracciglia

le lentiggini

sorridere

avere i baffi

portare la barba

piangere

ridere

il colorito	complexion	**portare la barba**	to have a beard
scuro	dark	**portare gli occhiali**	to wear glasses
chiaro	fair	**aggrottare le sopracciglia**	to frown
le lentiggini	freckles		
avere i baffi	to have a moustache	**sorridere**	to smile
		ridere	to laugh
		piangere	to cry

Your body

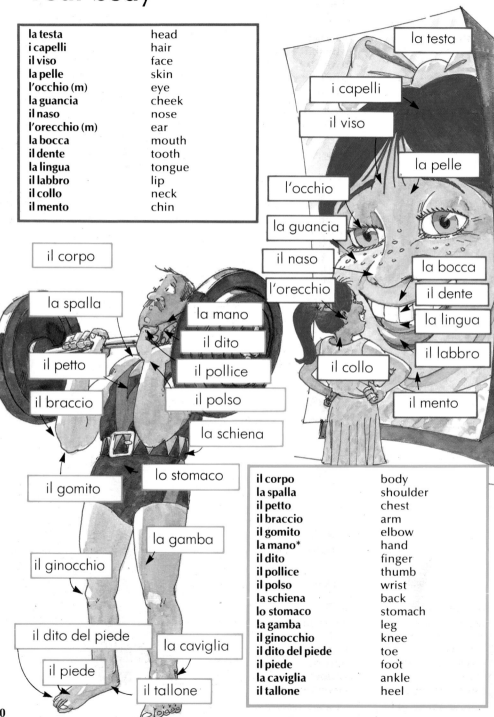

la testa	head
i capelli	hair
il viso	face
la pelle	skin
l'occhio (m)	eye
la guancia	cheek
il naso	nose
l'orecchio (m)	ear
la bocca	mouth
il dente	tooth
la lingua	tongue
il labbro	lip
il collo	neck
il mento	chin

la testa
i capelli
il viso
la pelle
l'occhio
la guancia
il naso
l'orecchio
la bocca
il dente
la lingua
il labbro
il collo
il mento

il corpo
la spalla
la mano
il dito
il pollice
il polso
il petto
il braccio
la schiena
il gomito
lo stomaco
la gamba
il ginocchio
il dito del piede
la caviglia
il piede
il tallone

il corpo	body
la spalla	shoulder
il petto	chest
il braccio	arm
il gomito	elbow
la mano*	hand
il dito	finger
il pollice	thumb
il polso	wrist
la schiena	back
lo stomaco	stomach
la gamba	leg
il ginocchio	knee
il dito del piede	toe
il piede	foot
la caviglia	ankle
il tallone	heel

10

*La mano is an irregular noun: although it is feminine, it ends in o and in the plural becomes le mani.

essere alto(a)	to be tall
essere basso(a)	to be short
pesarsi	to weigh yourself
essere leggero(a)	to be light
essere pesante	to be heavy

la parte sinistra

la parte destra

essere alto

essere basso

pesarsi

essere leggero

essere pesante

la parte sinistra	left side
la parte destra	right side

inginocchiarsi

sdraiarsi

essere disteso

camminare scalzo

stare in ginocchio

sedersi

alzarsi

stare in piedi

essere seduta

camminare scalzo(a)	to walk barefoot
alzarsi	to stand up
stare in piedi	to be standing
inginocchiarsi	to kneel down
stare in ginocchio	to be kneeling
sdraiarsi	to lie down
essere disteso(a)	to be lying down
sedersi	to sit down
essere seduto(a)	to be sitting down

Houses and homes

il caseggiato

l'appartamento

Sono a casa.

il secondo piano

la porta

il caseggiato	block of flats
l'appartamento (m)	flat
Sono a casa.	I'm at home.
il secondo piano	second floor
la porta	front door
il campanello	doorbell
suonare il campanello	to ring the bell
la cassetta della posta	letter box
lo zerbino	doormat
il balcone	balcony
il portinaio	caretaker (m)
trasferirsi	to move in
il pianterreno	ground floor

il campanello

suonare il campanello

la cassetta della posta

lo zerbino

il balcone

il portinaio

trasferirsi

il pianterreno

la casa

abitare in una casa

la vicina

la proprietaria

traslocare

il primo piano

il locatario

lo scantinato

la casa	house
abitare in una casa	to live in a house
la vicina	neighbour (f)
la proprietaria	landlady
traslocare	to move out
il primo piano	first floor
il locatario	tenant (m)
lo scantinato	basement

il fumo	smoke
il tetto	roof
il camino	chimney
la soffitta	attic
la finestra	window
la parete	wall
la porta	door
il gabinetto	toilet
la camera da letto	bedroom
il bagno	bathroom
la cucina	kitchen
la sala da pranzo	dining room

il garage	garage
la scala	staircase
andare su	to go upstairs
andare giù	to go downstairs
su	upstairs
giù	downstairs
il soggiorno	living room
la cantina	cellar

il fumo

il tetto

il camino

la soffitta

la finestra

la parete

la porta

il gabinetto

su

andare su

andare giù

la camera da letto

il bagno

la cucina

la sala da pranzo

il garage

la scala

il soggiorno

giù

la cantina

Dining room and living room

la sala da pranzo	dining room
la luce	light
il radiatore	radiator
la tavola	table
la sedia	chair
il pavimento	floor
il tappeto	carpet

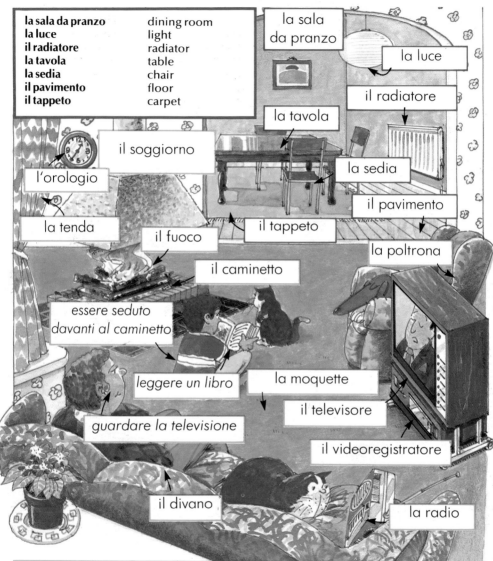

la sala da pranzo

la luce

il radiatore

la tavola

il soggiorno

l'orologio

la sedia

la tenda

il pavimento

il fuoco

il tappeto

la poltrona

il caminetto

essere seduto davanti al caminetto

leggere un libro

la moquette

guardare la televisione

il televisore

il videoregistratore

il divano

la radio

il soggiorno	living room	**leggere un libro**	to read a book
l'orologio (m)	clock	**guardare la televisione**	to watch television
la tenda	curtain	**il divano**	sofa
il fuoco	fire	**la moquette**	fitted carpet
il caminetto	fireplace	**il televisore**	television
la poltrona	armchair	**il videoregistratore**	video
essere seduto(a) davanti al caminetto	to sit by the fire	**la radio**	radio

14

In the kitchen

la cucina

la credenza

la lavatrice

fare il bucato

il frigorifero

il forno

cucinare

la pentola

stirare

il gas

il secchio delle immondizie

la spina

asciugare

la corrente

l'asciugatoio

passare l'aspirapolvere

lavare i piatti

pulito

sporco

il lavandino

la cucina	kitchen
la credenza	cupboard
la lavatrice	washing machine
fare il bucato	to do the washing
il frigorifero	fridge

il forno	oven	**la corrente**	electricity
cucinare	to cook	**passare l'aspirapolvere**	to vacuum
la pentola	saucepan	**lavare i piatti**	to wash up
il gas	gas	**sporco(a)**	dirty
il secchio delle immondizie	bin	**il lavandino**	sink
		asciugare	to dry, wipe
stirare	to iron	**l'asciugatoio (m)**	tea towel
la spina	plug	**pulito(a)**	clean

15

In the garden

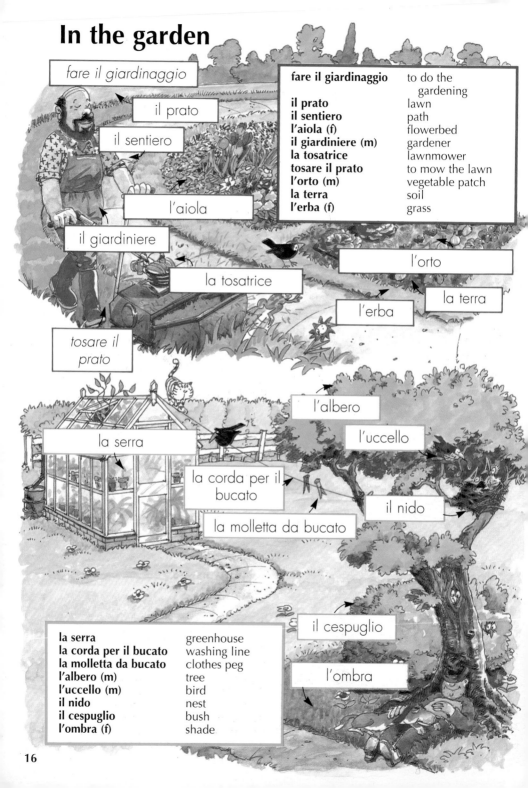

fare il giardinaggio

il prato

il sentiero

l'aiola

il giardiniere

la tosatrice

tosare il prato

fare il giardinaggio	to do the gardening
il prato	lawn
il sentiero	path
l'aiola (f)	flowerbed
il giardiniere (m)	gardener
la tosatrice	lawnmower
tosare il prato	to mow the lawn
l'orto (m)	vegetable patch
la terra	soil
l'erba (f)	grass

l'orto

la terra

l'erba

l'albero

l'uccello

la serra

la corda per il bucato

il nido

la molletta da bucato

il cespuglio

l'ombra

la serra	greenhouse
la corda per il bucato	washing line
la molletta da bucato	clothes peg
l'albero (m)	tree
l'uccello (m)	bird
il nido	nest
il cespuglio	bush
l'ombra (f)	shade

l'ape

la farfalla

la rosa

profumata

bella

la vespa

pungere

il crisantemo

il geranio

il tulipano

il trombone

il non-ti-scordar-di-me

il seme

l'erbaccia

piantare

il bulbo

diserbare

l'ape (f)	bee	**il tulipano**	tulip
la farfalla	butterfly	**il non ti scordar di mé**	forget-me-not
la vespa	wasp	**il trombone**	daffodil
pungere	to sting	**il seme**	seed
la rosa	rose	**piantare**	to plant
profumato(a)	sweet-smelling	**il bulbo**	bulb
bello(a)	lovely, beautiful	**diserbare**	to weed
il crisantemo	chrysanthemum	**l'erbaccia (f)**	weed
il geranio	geranium		

la vanga

il casotto degli attrezzi

il forcone

l'annaffiatoio

la carriola

la paletta

il rastrello

il casotto degli attrezzi	garden shed
la carriola	wheelbarrow
la paletta	trowel
il rastrello	rake
la vanga	spade
il forcone	fork
l'annaffiatoio (m)	watering can

Pets

il cane	dog
la cuccia	kennel
il cucciolo	puppy
il pelo	fur
la zampa	paw
giocherellone	playful
abbaiare	to bark
ATTENTI AL CANE	BEWARE OF THE DOG
rincorrere	to chase
riportare	to fetch
la coda	tail
scodinzolare	to wag its tail
ringhiare	to growl
portare fuori il cane	to take the dog for a walk

il cane

la cuccia

il cucciolo

il pelo

la zampa

giocherellone

abbaiare

ATTENTI AL CANE

rincorrere

riportare

ringhiare

la coda

scodinzolare

portare fuori il cane

il gatto	cat
il cesto	basket
fare le fusa	to purr
il gattino	kitten
miagolare	to mew
stirarsi	to stretch
l'artiglio (m)	claw
morbido(a)	soft
carino(a)	sweet

il gatto

il cesto

fare le fusa

il gattino

miagolare

stirarsi

l'artiglio

morbido

carino

il pappagallino	budgie	**il coniglio**	rabbit
appollaiarsi	to perch	**la tartaruga**	tortoise
l'ala (f)	wing	**la gabbia**	cage
il becco	beak	**dare da mangiare a**	to feed
la penna	feather	**il pesce rosso**	goldfish
il criceto	hamster	**il topo**	mouse
il riccio	hedgehog	**il vaso dei**	goldfish bowl
il porcellino d'India	guinea pig	**pesci rossi**	

il pappagallino — l'ala

appollaiarsi

il becco

il criceto

la penna — il riccio — il porcellino d'India

il coniglio

la tartaruga — la gabbia

dare da mangiare a

il pesce rosso

il topo

il vaso dei pesci rossi

Getting up

svegliarsi

Buon giorno!

stropicciarsi gli occhi

sbadigliare

la sveglia

svegliarsi	to wake up
Buon giorno!	Good morning!
stropicciarsi gli occhi	to rub your eyes
sbadigliare	to yawn
la sveglia	alarm clock

alzarsi

aprire le tende

la vestaglia

alzarsi	to get up
aprire le tende	to open the curtains
la vestaglia	dressing gown

la doccia

fare la doccia

lavarsi i capelli

lo shampoo

lavarsi

il sapone

il guanto da bagno

la doccia	shower
fare la doccia	to have a shower
lavarsi i capelli	to wash your hair
lo shampoo	shampoo
lavarsi	to wash, to have a wash
il sapone	soap
il guanto da bagno	flannel
asciugarsi	to dry yourself
l'asciugamano (m)	towel
nudo(a)	naked

asciugarsi

l'asciugamano

nudo

20

farsi la barba	to shave
lo specchio	mirror
il rasoio elettrico	electric shaver
il rasoio	razor
la schiuma da barba	shaving foam

farsi la barba

lo specchio

il rasoio elettrico

il rasoio

la schiuma da barba

l'acqua calda

l'acqua fredda

il rubinetto

il dentifricio

lo spazzolino

lavarsi i denti

il rubinetto	tap
l'acqua (f) calda	hot water
l'acqua (f) fredda	cold water
il dentifricio	toothpaste
lo spazzolino	toothbrush
lavarsi i denti	to clean your teeth

asciugarsi i capelli	to dry your hair
l'asciugacapelli (m)	hairdrier
la spazzola	brush
il pettine	comb
pettinarsi	to comb your hair
spazzolarsi i capelli	to brush your hair

asciugarsi i capelli

l'asciugacapelli

la spazzola

il pettine

truccarsi

pettinarsi

spazzolarsi i capelli

il mascara

il fondotinta

il rossetto

il profumo

truccarsi	to put on make-up
il mascara	mascara
il fondotinta	foundation (cream)
il rossetto	lipstick
il profumo	perfume

21

Clothes

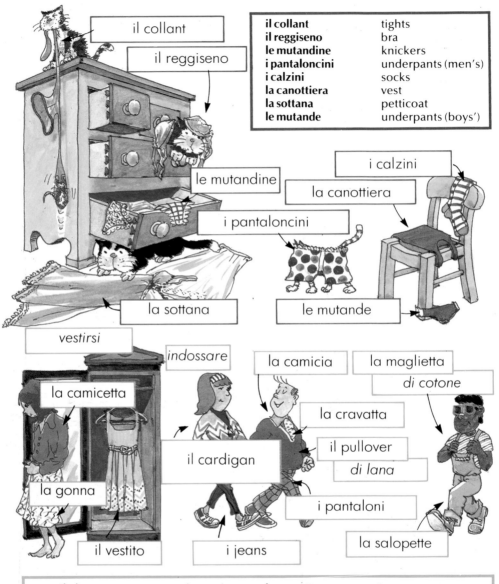

il collant

il reggiseno

il collant	tights
il reggiseno	bra
le mutandine	knickers
i pantaloncini	underpants (men's)
i calzini	socks
la canottiera	vest
la sottana	petticoat
le mutande	underpants (boys')

le mutandine

i calzini

la canottiera

i pantaloncini

la sottana

le mutande

vestirsi

indossare

la camicia

la maglietta
di cotone

la camicetta

la cravatta

il cardigan

il pullover
di lana

la gonna

i pantaloni

il vestito

i jeans

la salopette

vestirsi	to get dressed	**la cravatta**	tie
la camicetta	blouse	**il pullover**	jumper
la gonna	skirt	**di lana**	woollen
il vestito	dress	**i pantaloni**	trousers
indossare	to wear	**la maglietta**	T-shirt
il cardigan	cardigan	**di cotone**	cotton, made of
i jeans	jeans		cotton
la camicia	shirt	**la salopette**	dungarees

i gioielli	jewellery
gli orecchini	earrings
la spilla	brooch
il braccialetto	bracelet
l'orologio (m) da polso	watch
l'anello (m)	ring
la fede	wedding ring
la collana	necklace

i gioielli

gli orecchini

il braccialetto

la spilla

l'orologio da polso

l'anello

la fede

la collana

il cappotto

il cappello

il berretto

l'impermeabile

la tasca

la sciarpa

i guanti

la giacca

la cintura

la chiusura lampo

il bottone

le scarpe

gli stivali

i sandali

il cappotto	coat	**il berretto**	cap
il cappello	hat	**l'impermeabile (m)**	raincoat
la tasca	pocket	**la sciarpa**	scarf
i guanti	gloves	**la giacca**	jacket
la cintura	belt	**la chiusura lampo**	zip
il bottone	button	**le scarpe**	shoes
gli stivali	boots	**i sandali**	sandals

23

Going to bed

l'ora (f) di andare a dormire	bedtime
accendere la luce	to switch the light on
avere sonno	to be sleepy
mettere in ordine	to tidy up
svestirsi	to get undressed

l'ora di andare a dormire

accendere la luce

avere sonno

mettere in ordine

svestirsi

fare scorrere l'acqua del bagno

fare il bagno

la vasca da bagno

il tappo

l'accappatoio

spruzzare

lo scendibagno

la bilancia

fare scorrere l'acqua del bagno	to run a bath
fare il bagno	to have a bath
la vasca da bagno	bath
il tappo	plug
l'accappatoio (m)	bathrobe
spruzzare	to splash
lo scendibagno	bathmat
la bilancia	scales

coricarsi — to go to bed
il pigiama — pyjamas
la camicia da notte — nightdress
le pantofole — slippers

coricarsi

il pigiama

la camicia da notte

le pantofole

la ninnananna

leggere una storia

la culla

addormentarsi

la ninnananna — lullaby
leggere una storia — to read a story
la culla — cot
addormentarsi — to fall asleep

Buona notte!

Dormi bene!

spegnere la luce

sognare

russare

dormire

il guanciale

la lampada

il lenzuolo

il piumino

il copriletto

il comodino

il letto

Buona notte!	Good-night!	**il comodino**	bedside table
Dormi bene!	Sleep well!	**il piumino**	duvet
sognare	to dream	**il letto**	bed
dormire	to sleep	**russare**	to snore
spegnere la luce	to switch the light off	**il guanciale**	pillow
		il lenzuolo*	sheet
la lampada	bedside lamp	**il copriletto**	bedspread

***Il lenzuolo** has an irregular plural: **le lenzuola.**

25

Eating and drinking

apparecchiare la tavola	to lay the table
A tavola!	It's ready!
la caffettiera/teiera	coffee-pot/teapot
il tovagliolo	napkin
il bicchiere	glass
il piatto fondo	bowl
il piatto	plate
la tazza	cup
il piattino	saucer
la tovaglia	tablecloth
la brocca	jug
il cucchiaio	spoon
il coltello	knife
la forchetta	fork

apparecchiare la tavola

A tavola!

la caffettiera

la teiera

il tovagliolo

il bicchiere

la tazza

il cucchiaio

il piattino

il coltello

il piatto fondo

il piatto

la brocca

la forchetta

la tovaglia

Servitevi!

Buon appetito!

avere fame

avere sete

mangiare

bere

È buono.

avere mangiato bene

Servitevi!	Help yourselves!
Buon appetito!	Enjoy your meal!
avere sete	to be thirsty
bere	to drink
avere fame	to be hungry
mangiare	to eat
È buono.	It tastes good.
avere mangiato bene	to have eaten well

la colazione

la colazione	breakfast
il succo di frutta	fruit juice
il caffè	coffee
il tè	tea
il burro	butter
il pane	bread

il succo di frutta

il burro

il caffè

il pane

il tè

la cena	supper
l'insalata (f)	salad
il formaggio	cheese
la frutta	fruit
la birra	beer
l'acqua (f) minerale	mineral water

il pranzo

la minestra

la cena

l'arrosto

l'insalata

il vino

la verdura

il formaggio

la frutta

il dolce

la birra

l'acqua minerale

il pranzo	lunch
la minestra	soup
l'arrosto (m)	meat
il vino	wine
la verdura	vegetables
il dolce	dessert

Buying food

la carne

il pâté

il salame

la carne	meat
il pâté	paté
il salame	salami
il cosciotto d'agnello	leg of lamb
la costoletta di maiale	pork chop
il pollo	chicken
la bistecca	steak
il prosciutto	ham
la vitella	veal
la salsiccia	sausage

il cosciotto d'agnello

il prosciutto

la vitella

la costoletta di maiale

la bistecca

la salsiccia

il pollo

il pisello

la verdura

l'insalata

la carota

fresca

crudo

il cavolo bianco

gli spinaci

il pomodoro

l'aglio

il cavolfiore

il fagiolino

la cipolla

i cavolini di Bruxelles

la patata

la verdura	vegetables	il cavolfiore	cauliflower
fresco(a)	fresh	i cavolini di Bruxelles	Brussels sprouts
il cavolo bianco	cabbage	l'insalata (f)	salad
l'aglio (m)	garlic	crudo(a)	raw
la cipolla	onion	il pomodoro	tomato
il pisello	pea	il fagiolino	green bean
la carota	carrot	la patata	potato
gli spinaci	spinach		

28

il pesce	fish
la sogliola	sole
i frutti di mare	sea food
la trota	trout
il salmone	salmon

il pesce

il salmone

la sogliola

la trota

i frutti di mare

la frutta

l'uva

il limone

il melone

aspro

il lampone

la ciliegia

la fragola

l'albicocca

dolce

la banana

la prugna

la mela

la pesca

matura

l'arancia

la pera

la frutta	fruit	aspro(a)	bitter, sharp
l'uva (f)	grapes	il melone	melon
il lampone	raspberry	la ciliegia	cherry
la fragola	strawberry	l'albicocca (f)	apricot
dolce	sweet	la prugna	plum
la banana	banana	la mela	apple
la pesca	peach	la pera	pear
maturo(a)	ripe	l'arancia (f)	orange
il limone	lemon		

Buying food

la pasta	pasta
le lenticchie	lentils
i fagioli	beans
la crema	cream
il latte	milk
la margarina	margarine
lo yogurt	yoghurt
il miele	honey
le uova	eggs
la marmellata	jam
lo zucchero	sugar
la farina	flour

la pasta

le lenticchie

i fagioli

la crema

il latte

lo yogurt

la margarina

il miele

le uova

l'aceto

la marmellata

l'olio

il sale

lo zucchero

il pepe

la farina

le spezie

la senape

i prodotti surgelati

le erbe

il pane

il riso

il cibo in scatola

il panino

l'olio (m)	oil
l'aceto (m)	vinegar
il sale	salt
il pepe	pepper
le spezie	spices
la senape	mustard
i prodotti surgelati	frozen food
il pane	bread
le erbe	herbs
il riso	rice
il cibo in scatola	tinned food
il panino	roll

il cioccolato	chocolate
il biscotto	biscuit
il dolce di frutta	fruit tart
il bombolone	doughnut
la torta alla panna	cream cake
il gelato	ice-cream
la pasta	pastry

il cioccolato

il biscotto

il dolce di frutta

il bombolone

la pasta

la torta alla panna

il gelato

cucinare

la ricetta

assaggiare

il sapore

gli ingredienti

mescolare

Squisito!

cucinare	to cook
la ricetta	recipe
gli ingredienti	ingredients
mescolare	to mix
assaggiare	to taste
il sapore	flavour, taste
Squisito!	Delicious!

Pastimes

guardare la televisione	to watch television
il canale	channel
il programma	programme
ascoltare la radio	to listen to the radio
la cuffia	headphones
battere il tempo	to tap your feet

guardare la televisione

il canale

il programma

ascoltare la radio

la cuffia

battere il tempo

ascoltare la musica

il registratore a cassette

il giradischi

la cassetta

il disco

la musica pop

la musica classica

ascoltare la musica	to listen to music
il registratore a cassette	cassette recorder
la cassetta	cassette
il giradischi	record-player
il disco	record
la musica pop	pop music
la musica classica	classical music

leggere

il romanzo

il giornale

il protagonista

il libro

la rivista

la poesia

i fumetti

leggere	to read
il libro	book
il romanzo	novel
il protagonista	hero
il giornale	newspaper
la rivista	magazine
i fumetti	comic
la poesia	poetry

lavorare a maglia

i ferri da calza

il modello

lavorare a maglia	to knit
i ferri da calza	knitting needles
il modello	pattern
la lana	wool

la lana

cucire

cucire	to sew
il tessuto	fabric
le forbici	scissors
il filo	thread
lo spillo	pin
l'ago (m)	needle
fare	to make

il tessuto

il filo

fare

l'ago

le forbici

lo spillo

la falegnameria

il fai da te

il martello

abile

riparare

il cacciavite

la sega

costruire

la falegnameria	woodwork
il fai da te	do-it-yourself
la sega	saw
costruire	to make, manufacture
il martello	hammer
riparare	to mend
abile	skilful, good with your hands
il cacciavite	screwdriver

Pastimes

la fotografia

fotografare

la macchina fotografica

la fotografia	photography
fotografare	to take a photo
la macchina fotografica	camera
la cinepresa	video camera
la pellicola	film
la foto	photograph
a fuoco	in focus
sfocato(a)	out of focus

la cinepresa

la foto

a fuoco

la pellicola

sfocata

la galleria d'arte	art gallery	**dipingere**	to paint
il pittore	painter	**il pennello**	brush
il dipinto	painting	**il colore**	paint
l'esposizione (f)	exhibition		

la galleria d'arte

il pittore

il dipinto

dipingere

il pennello

l'esposizione

il colore

classificare	to sort, to sort out
incollare	to stick
collezionare francobolli	to collect stamps
la collezione	collection

collezionare francobolli

classificare

incollare

la collezione

34

la musicista	musician (f)	**suonare la batteria**	to play the drums
lo strumento	instrument	**suonare la tromba**	to play the trumpet
suonare il violino	to play the violin	**suonare il violoncello**	to play the cello
suonare il piano	to play the piano	**l'orchestra (f)**	orchestra
suonare la chitarra	to play the guitar	**il direttore d'orchestra**	conductor (m/f)

la musicista

lo strumento

suonare il violino

suonare il piano

suonare la chitarra

suonare la batteria

suonare la tromba

suonare il violoncello

l'orchestra

il direttore d'orchestra

cantare

la melodia

cantare	to sing
la melodia	tune
il coro	choir
stonare	to sing out of tune

stonare

il coro

i giochi

i giochi	games
giocare a carte	to play cards
giocare a dama	to play draughts
giocare a scacchi	to play chess
il gioco da tavola	board game

giocare a carte

giocare a dama

il gioco da tavola

giocare a scacchi

Going out

il cinema — cinema
andare al cinema — to go to the cinema
il film — film
il posto — seat
la maschera — usherette
la cassa — box-office

il cinema

andare al cinema

il film

la maschera

la cassa

il posto

andare a ballare

il disc-jockey

andare a ballare — to go to a discothèque
il disc-jockey — disc jockey
ballare — to dance
la pista da ballo — dance floor

ballare

la pista da ballo

il teatro

il lavoro teatrale

la scena

Bis!

l'attrice

il proiettore

l'attore

il palcoscenico

gli spettatori

applaudire

divertirsi

il teatro — theatre
il lavoro teatrale — play
la scena — scenery
il proiettore — spotlight
l'attrice (f) — actress
l'attore (m) — actor
il palcoscenico — stage
gli spettatori — audience
applaudire — to clap
divertirsi — to like, to enjoy
Bis! — Encore!

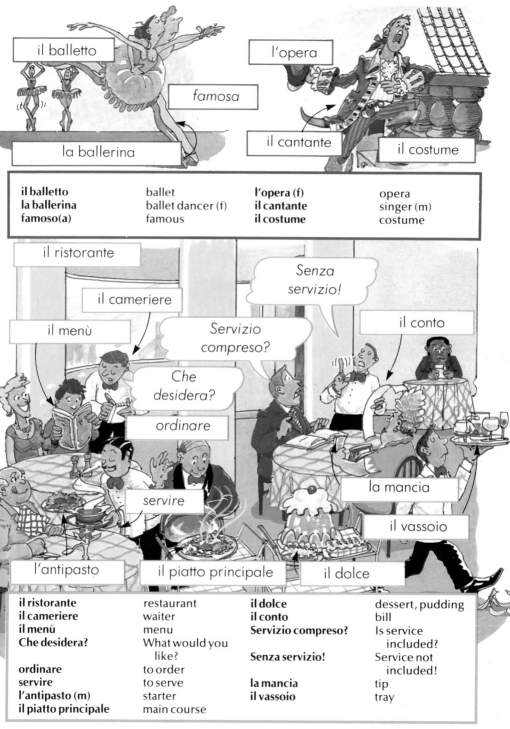

il balletto

l'opera

famosa

il cantante

il costume

la ballerina

il balletto	ballet	l'opera (f)	opera
la ballerina	ballet dancer (f)	il cantante	singer (m)
famoso(a)	famous	il costume	costume

il ristorante

il cameriere

Senza servizio!

il menù

Servizio compreso?

il conto

Che desidera?

ordinare

la mancia

servire

il vassoio

l'antipasto

il piatto principale

il dolce

il ristorante	restaurant	il dolce	dessert, pudding
il cameriere	waiter	il conto	bill
il menù	menu	Servizio compreso?	Is service included?
Che desidera?	What would you like?	Senza servizio!	Service not included!
ordinare	to order		
servire	to serve	la mancia	tip
l'antipasto (m)	starter	il vassoio	tray
il piatto principale	main course		

At the zoo

lo zoo	zoo
l'animale (m)	animal
la zebra	zebra
la giraffa	giraffe
l'orso (m) bianco	polar bear
l'elefante (m)	elephant
la proboscide	trunk
la zanna	tusk
il gorilla	gorilla
feroce	wild
docile	tame
dare da mangiare a	to feed
il guardiano	zoo keeper (m)

lo zoo

l'animale

la zebra

la giraffa

l'orso bianco

la proboscide

l'elefante

il gorilla

feroce

docile

la zanna

dare da mangiare a

il guardiano

In the park

il parco	park
lo stagno	pond
la barca a remi	rowing boat
remare	to row
il remo	oar
il picnic	picnic
la panchina	bench
riposarsi	to rest

il parco

lo stagno

la barca a remi

remare

il remo

riposarsi

il picnic

la panchina

la scimmia

il canguro

lo struzzo

il cammello

la gobba

la scimmia	monkey
il canguro	kangaroo
lo struzzo	ostrich
il cammello	camel
la gobba	hump
l'aquila	eagle
il pinguino	penguin
l'ippopotamo	hippopotamus
la gabbia	cage
il leone	lion
ruggire	to roar
la tigre	tiger
il serpente	snake

l'aquila

il pinguino

l'ippopotamo

la gabbia

il leone

ruggire

la tigre

il serpente

il guardiano del parco

l'altalena

sorvegliare

il guardiano del parco	park keeper (m)
l'altalena (f)	swing
sorvegliare	to keep an eye on
salire	to climb
scavare	to dig
lo scivolo	slide
il carosello	roundabout
tenersi	to hang on

salire

lo scivolo

il carosello

scavare

tenersi

39

In the city

la cittadina

la città

il sobborgo

il ponte

il grattacielo

il fiume

il duomo

il quartiere

l'edificio

la chiesa

il cimitero

la città	city
il sobborgo	suburb
la cittadina	town
il grattacielo	skyscraper
il duomo	cathedral
il fiume	river
il ponte	bridge
il quartiere	district
l'edificio (m)	building
la chiesa	church
il cimitero	cemetery

la caserma
dei pompieri

il municipio

il posto
di polizia

gli uffici

il camion dei pompieri

l'automobile
della polizia

la fabbrica

la biblioteca

la caserma dei pompieri	fire station	**gli uffici**	offices
il camion dei pompieri	fire engine	**il posto di polizia**	police station
la fabbrica	factory	**l'automobile (f)**	police car
il municipio	town hall	**della polizia**	
		la biblioteca	library

il centro	town centre
la strada	street
stretto(a)	narrow
largo(a)	broad
l'angolo (m)	corner
attraversare la strada	to cross the street
le strisce pedonali	pedestrian crossing
il pedone	pedestrian (m)
la piazza	square
la statua	statue
il lampione	street light
il mercato	market
il sottopassaggio	subway

il centro

la strada

larga

stretta

l'angolo

attraversare la strada

le strisce pedonali

il pedone

la piazza

la statua

il mercato

il lampione

il sottopassaggio

l'edicola (f)	newspaper stand
il piccione	pigeon
la folla	crowd
animato(a)	bustling, busy
il cestino	litter bin
il marciapiede	pavement
affrettarsi	to hurry
la pubblicità	advertisement

l'edicola

il piccione

la folla

animato

la pubblicità

il cestino

il marciapiede

affrettarsi

41

Shopping

fare una lista

la borsa della spesa

| fare una lista | to make a list |
| la borsa della spesa | shopping bag |

i negozi

fare la spesa

la salumeria

la panetteria

la macelleria

il negozio di alimentari

la pescheria

la merceria

la pasticceria

la farmacia

la libreria

il negozio di fiori

il negozio di dischi

il parrucchiere

il negozio di mode

i negozi	shops	**la pescheria**	fishmonger
fare la spesa	to go shopping	**la farmacia**	chemist
la macelleria	butcher's shop	**la libreria**	bookshop
la salumeria	delicatessen	**la merceria**	haberdashery
il negozio di	grocery shop	**il negozio di fiori**	florist
alimentari		**il parrucchiere**	hairdresser
la panetteria	bakery	**il negozio di dischi**	record shop
la pasticceria	cake shop	**il negozio di mode**	boutique

fare la spesa al mercato

il banco di vendita

fare la coda

fare la spesa al mercato	to shop at the market
il banco di vendita	market stall
fare la coda	to queue

Fa…

Quanto fa?

pesare

– Un chilo di…

Mezzo chilo di…

Quanto fa?	How much is that?
Fa…	That will be…
pesare	to weigh
Un chilo di…	A kilo of…
Mezzo chilo di…	Half a kilo of…

andare al supermercato

l'altoparlante

il cestino

il banco

il corridoio

a scatola

il pacchetto

il carrello

la bottiglia

l'ingresso

l'uscita

la cassa

il sacchetto

la cassiera

andare al supermercato	to go to the supermarket
il cestino	basket
il carrello	trolley
l'altoparlante (m)	loudspeaker
il banco	counter
il corridoio	aisle
la scatola	tin
il pacchetto	packet
la bottiglia	bottle
l'ingresso (m)	entrance
l'uscita (f)	exit
la cassa	checkout
il sacchetto	carrier-bag
la cassiera	cashier (f)

43

Shopping

passeggiare guardando le vetrine	to go window-shopping	**SVENDITA**	SALE
la vetrina	window display, shop window	**l'affare (f)**	bargain
		la cliente	customer (f)
È a buon mercato.	It's good value.	**comprare**	to buy
È caro(a).	It's expensive.	**la commessa**	shop assistant (f)
		vendere	to sell

spendere soldi	to spend money	piccolo(a)	small
il prezzo	price	medio(a)	medium
lo scontrino	receipt	grande	large
Che cosa desidera?	Can I help you?	Quanto costa...?	How much is...?
Vorrei...	I would like...	Costa...	It costs...
Che taglia è?	What size is this?		

la cartoleria-libreria	bookshop and stationer's	la cartolina	postcard
il libro	book	la penna a sfera	ball-point pen
il libro tascabile	paperback	la matita	pencil
la busta	envelope	la carta da lettere	writing paper

la cartoleria-libreria

la busta

la cartolina

il libro

la penna a sfera

la matita

il libro tascabile

la carta da lettere

il grande magazzino

il reparto

l'ascensore

la scala mobile

Giocattoli

Articoli sportivi

Mobili

Abbigliamento

il grande magazzino	department store	Giocattoli (m.pl)	Toys
il reparto	department	Mobili (m.pl)	Furniture
la scala mobile	escalator	Articoli sportivi (m.pl)	Sports equipment
l'ascensore (m)	lift	Abbigliamento (m)	Clothes

At the post office and bank

Italian	English	Italian	English
l'ufficio postale (m)	post office	il telegramma	telegram
la buca delle lettere	post-box	il modulo	form
imbucare	to post	il francobollo	stamp
la lettera	letter	posta aerea	airmail
il pacco	parcel	l'indirizzo (m)	address
la levata delle lettere	collection times	il codice postale	postal code
mandare	to send		

l'ufficio postale

la buca delle lettere

imbucare

la lettera

la levata delle lettere

mandare

il telegramma

il modulo

il pacco

il francobollo

posta aerea

l'indirizzo

il codice postale

il postino

la posta

distribuire

Italian	English
il postino	postman
la posta	mail
distribuire	to deliver

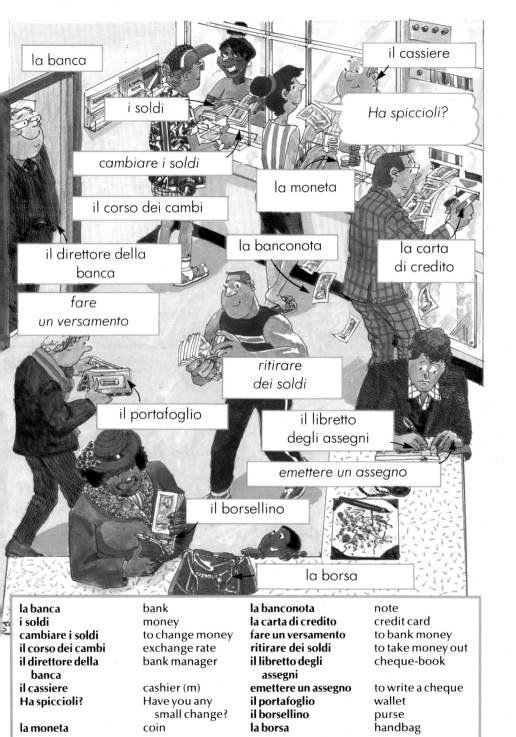

la banca

il cassiere

i soldi

Ha spiccioli?

cambiare i soldi

la moneta

il corso dei cambi

il direttore della banca

la banconota

la carta di credito

fare un versamento

ritirare dei soldi

il portafoglio

il libretto degli assegni

emettere un assegno

il borsellino

la borsa

la banca	bank	**la banconota**	note
i soldi	money	**la carta di credito**	credit card
cambiare i soldi	to change money	**fare un versamento**	to bank money
il corso dei cambi	exchange rate	**ritirare dei soldi**	to take money out
il direttore della banca	bank manager	**il libretto degli assegni**	cheque-book
il cassiere	cashier (m)	**emettere un assegno**	to write a cheque
Ha spiccioli?	Have you any small change?	**il portafoglio**	wallet
		il borsellino	purse
la moneta	coin	**la borsa**	handbag

Phonecalls and letters

telefonare	to make a telephone call	**squillare**	to ring
il telefono	telephone	**rispondere al telefono**	to answer the telephone
il ricevitore	receiver	**Pronto!**	Hello!
staccare il ricevitore	to pick up the receiver	**Chi parla?**	Who's speaking?
		Sono Carla.	It's Carla.
comporre il numero	to dial the number	**Ti richiamo più tardi.**	I'll call you back.
il numero di telefono	telephone number		
il prefisso	area code	**A dopo!**	Goodbye!
l'elenco (m) telefonico	telephone directory	**riattaccare**	to hang up

la cabina telefonica	telephone box
l'emergenza (f)	emergency
la chiamata d'emergenza	a 911 call

scrivere una lettera

Egregi Signori,

12 marzo 1989

Vi ringrazio della Vostra lettera del...
In allegato trovate...

...a giro di posta.

Con i migliori saluti...

scrivere una lettera	to write a letter	**a giro di posta**	by return
Egregi Signori,	Dear Sir/Madam,	**Con i migliori**	Yours faithfully,
Vi ringrazio della	Thank you for your	**saluti...**	
Vostra lettera del...	letter of...		
In allegato trovate	Please find enclosed		

aprire una lettera

Cara Carla,

9 gennaio 1999

La tua lettera mi ha fatto molto piacere. Ti invìo con plico separato...

Tanti baci...

aprire una lettera	to open a letter	**Ti invìo con plico**	I am sending...
Cara Carla,	Dear Carla,	**separato...**	separately.
La tua lettera mi ha fatto molto piacere.	It was lovely to hear from you.	**Tanti baci...**	Love from...

mandare una cartolina postale

mandare un telegramma

È molto bello qui.
Peccato che tu non sia qui.

Urgente stop chiamare subito a casa stop

mandare una carto-lina postale	to send a postcard	**mandare un telegramma**	to send a telegram
È molto bello qui.	Its really lovely here.	**Urgente stop**	Urgent message
Peccato che tu non sia qui.	Wish you were here.	**chiamare subito a casa stop**	stop phone home stop

Out and about

camminare

correre

In quale direzione è…?

l'indicatore stradale

domandare la strada

È distante…?

la pianta

il passeggino

camminare	to walk	**domandare la strada**	to ask the way
correre	to run	**la pianta**	map
il passeggino	push-chair	**l'indicatore (m)**	signpost
In quale direzione	Which way is…?	**stradale**	
è?		**È distante...?**	Is it far to…?

andare in autobus

il passeggero

scendere

la stazione della metro

la metro

salire

il biglietto

l'autobus

la fermata

andare in autobus	to take the bus	**l'autobus (m)**	bus
il passeggero	passenger	**la fermata**	bus stop
scendere	to get off	**la stazione della**	underground
salire	to get on	**metropolitana**	station
il biglietto	ticket	**la metropolitana**	underground

il traffico

il pullman

il furgone

l'autocarro

l'autista

guidare

l'automobile

il ciclomotore

la bicicletta

andare in bicicletta

piano

la motocicletta

veloce

l'ingorgo

il traffico	traffic	**il ciclomotore**	moped
l'autocarro (m)	lorry	**andare in bicicletta**	to ride a bicycle
il furgone	van	**la bicicletta**	bicycle
il pullman	coach	**piano**	slow
l'autista (m)	driver (m/f)	**veloce**	fast
guidare	to drive	**la motocicletta**	motorbike
l'automobile	car	**l'ingorgo (m)**	traffic jam

il posteggio di tassì

il tassì

chiamare un tassì

il prezzo della corsa

il posteggio di tassì	taxi rank
il tassì	taxi
chiamare un tassì	to hail a taxi
il prezzo della corsa	fare

Driving

mettere in moto

sorpassare

l'autostrada

il semaforo

la strada maestra

rallentare

accelerare

voltare a sinistra

voltare a destra

continuare diritto

la traversa

senso unico

divieto d'accesso

mettere in moto	to start off
accelerare	to gather speed
sorpassare	to overtake
rallentare	to slow down
l'autostrada (f)	motorway
il semaforo	traffic lights
la strada maestra	main road
voltare a sinistra	to turn left
voltare a destra	to turn right
continuare diritto	to go straight on
la traversa	side street
senso unico	one way street
divieto d'accesso	no entry

il parcheggio

parcheggiare

all'indietro

Divieto di sosta!

in avanti

Divieto di sosta!	No parking!	**all'indietro**	backwards
il parcheggio	car-park	**in avanti**	forwards
parcheggiare	to park		

l'incidente (m)	collision
il volante	steering wheel
il parabrezza	windscreen
la cintura di sicurezza	safety belt
il lampeggiatore	indicator
il faro	headlight
il cofano	bonnet
il portabagagli	boot
la targa	number plate
la ruota	wheel
il pneumatico	tyre
il clacson	horn

l'incidente

il volante

il parabrezza

la cintura di sicurezza

il lampeggiatore

il faro

il cofano

il portabagagli

la targa

la ruota

il pneumatico

il clacson

avere un pneumatico a terra

avere un guasto al motore

l'olio

il meccanico

il distributore di benzina

fare il pieno

la benzina

avere un pneumatico a terra	to have a flat tyre
avere un guasto al motore	to have a breakdown
il meccanico	mechanic
l'olio (m)	oil
il distributore di benzina	petrol station
fare il pieno	to fill up with petrol
la benzina	petrol

53

Travelling by train

la stazione

il deposito bagagli

il controllore

il facchino

la sala d'aspetto

la sbarra

il viaggiatore

l'orario

Il treno per…

la biglietteria

il biglietto

Il treno da…

il biglietto di andata e ritorno

l'abbonamento

il distributore automatico

prenotare un posto

il biglietto d'ingresso

la stazione	station	**la biglietteria**	ticket office
il facchino	porter	**il biglietto**	ticket
il deposito bagagli	left luggage office	**il biglietto di andata**	return ticket
il controllore	ticket collector	**e ritorno**	
la sala d'aspetto	waiting-room	**l'abbonamento (m)**	season ticket
la sbarra	barrier	**il distributore auto-**	ticket machine
il viaggiatore	traveller	**matico**	
l'orario (m)	timetable	**il biglietto d'ingresso**	platform ticket
Il treno per…	The train to	**prenotare un posto**	to reserve a seat
Il treno da…	The train from		

la ferrovia

la prima classe

il treno

la seconda classe

in ritardo

puntuale

il vagone letto

il vagone ristorante

prendere il treno

il vagone letto

la carrozza

perdere il treno

la locomotiva

il binario

il marciapiede

il capotreno

la ferrovia	railway	la carrozza	carriage
il treno	train	prendere il treno	to catch the train
la prima classe	first class	perdere il treno	to miss the train
la seconda classe	second class	la locomotiva	engine
in ritardo	late	il binario	track
puntuale	on time	il marciapiede	platform
il vagone letto	sleeping-car	il capotreno	guard
il vagone ristorante	buffet car		

il treno rapido

il treno merci

il posto

il posto prenotato

la rete portabagagli

Non fumatori

il treno rapido	inter-city train
il treno merci	goods train
il posto	seat
il posto prenotáto	reserved seat
la rete portabagagli	luggage-rack
Non fumatori	No smoking

55

Travelling by plane and boat

l'aeroporto

l'aereo

Arrivi

volare

la pista

atterrare

decollare

la dogana

il doganiere

Niente da dichiarare

il passaporto

l'aeroporto (m)	airport
l'aereo (m)	aeroplane
volare	to fly
Arrivi	Arrivals
la pista	runway
atterrare	to land
decollare	to take off

la dogana	customs
il doganiere	customs officer (m)
Niente da dichiarare	Nothing to declare
il passaporto	passport

il porto

andare via nave

la nave

la nave passeggeri

il fumaiolo

la bandiera

la cabina

il capitano

l'oblò

la coperta

l'àncora

la passerella

il porto	port
andare via nave	to travel by boat
la nave	ship
la nave passeggeri	liner
la bandiera	flag
l'oblò (m)	porthole

l'àncora (f)	anchor
la cabina	cabin
la coperta	deck
il fumaiolo	funnel
il capitano	captain
la passerella	gangway

Partenze	Departures
il duty-free shop	duty-free shop
il check-in	check-in
il biglietto d'aereo	airline ticket
l'etichetta (f)	label
il carrello	trolley
Vi prego di allacciare le cinture.	Please fasten your seatbelts.

il pilota	pilot
l'equipaggio (m)	crew
la hostess	air hostess
imbarcarsi	to board
la valigia	suitcase
il bagaglio a mano	hand luggage

Partenze

il duty-free shop

Vi prego di allacciare le cinture.

il pilota

l'equipaggio

la hostess

il check-in

la valigia

imbarcarsi

il biglietto d'aereo

l'etichetta

il bagaglio a mano

il carrello

il traghetto

il bacino

la traversata

soffrire di mal di mare

il carico

caricare

scaricare

la stiva

il marinaio

il traghetto	ferry
la traversata	crossing
soffrire di mal di mare	to be seasick
il bacino	docks
il carico	cargo
caricare	to load
scaricare	to unload
la stiva	hold
il marinaio	sailor

57

On vacation

andare in vacanza

fare le valigie

la turista

andare in vacanza	to go on vacation
fare le valigie	to pack
la crema abbronzante	suntan lotion
gli occhiali da sole	sunglasses
la turista	tourist (f)
visitare	to visit, to sightsee

la crema abbronzante

gli occhiali da sole

visitare

l'albergo

stare in albergo

la réception

il facchino

con bagno

la camera singola

con balcone

la camera doppia

prenotare una camera

la pensione

completo

l'albergo (m)	hotel	**prenotare una camera**	to reserve a room
stare in albergo	to stay in a hotel	**completo(a)**	fully booked
la réception	reception	**con bagno**	with bathroom
il facchino	porter	**con balcone**	with balcony
la camera singola	single room	**la pensione**	guest house
la camera doppia	double room		

al mare

il gabbiano

il bagnino

l'onda

il motoscafo

praticare lo sci nautico

praticare il windsurf

al mare	at the seaside
il gabbiano	seagull
il bagnino	lifeguard
l'onda (f)	wave
il motoscafo	powerboat
praticare lo sci nautico	to waterski
praticare il windsurf	to windsurf
fare il bagno	to swim, to have a swim
guazzare	to paddle
il mare	sea
la sabbia	sand
la spiaggia	beach

fare il bagno

guazzare

il mare

la sabbia

la spiaggia

prendere il sole

abbronzato

l'ombrellone

prendere il sole	to sunbathe
abbronzato(a)	tanned
l'ombrellone (m)	sunshade
il castello di sabbia	sandcastle
il secchiello	bucket
la paletta	spade

il castello di sabbia

il secchiello

la paletta

lo scoglio

l'alga

il granchio

la conchiglia

lo scoglio	rock
l'alga (f)	seaweed
il granchio	crab
la conchiglia	shell

59

On vacation

fare alpinismo	to go mountaineering
la montagna	mountain
la cima	summit
il panorama	view
ripido(a)	steep
scalare	to climb
l'alpinista (m)	climber (m/f)
lo zaino	rucksack, backpack

andare a sciare

la stazione invernale

fare alpinismo

la cima

la seggiovia

la montagna

il panorama

ripido

scalare

l'alpinista

il maestro di sci

lo zaino

la pista

la slitta

il bastone da sci

gli scarponi da sci

gli sci

andare a sciare	to go skiing
la stazione invernale	ski resort
la seggiovia	chairlift
il maestro di sci	ski instructor
la pista	ski slope, ski run
la slitta	toboggan
il bastone da sci	ski pole
gli scarponi da sci	ski boots
gli sci	skis

campeggiare	to camp		
il campeggio	campsite		
la roulotte	caravan		
la tenda	tent		
montare la tenda	to pitch a tent		
il fornello	stove		
il sacco a pelo	sleeping bag		

campeggiare

il campeggio

la roulotte

la tenda

montare la tenda

il fornello

il sacco a pelo

il lago

andare a pescare

la canna

la canna da pesca

la barca da pesca

l'esca

l'amo

la rete

prendere un pesce

la canoa

capovolgersi

galleggiare

la libellula

la zanzara

l'anatra

la rana

il lago	lake	**prendere un pesce**	to catch a fish
la canna	reed	**la canoa**	canoe
andare a pescare	to go fishing	**capovolgersi**	to capsize
la canna da pesca	fishing rod	**galleggiare**	to float
la barca da pesca	fishing boat	**la libellula**	dragonfly
l'esca (f)	bait	**la zanzara**	mosquito
l'amo (m)	hook	**l'anatra (f)**	duck
la rete	net	**la rana**	frog

61

In the countryside

il paese

il paesaggio

tranquillo

la campagna

la casa di campagna

fare una passeggiata

il paese	village
il paesaggio	landscape
tranquillo(a)	peaceful
la campagna	countryside
la casa di campagna	cottage
fare una passeggiata	to go for a walk

il sentiero

il prato

il ruscello

il coniglio

il sentiero	path
il ruscello	stream
il prato	meadow
il coniglio	rabbit
la talpa	mole
arrampicarsi su un albero	to climb a tree
i fiori di campo	wild flowers
cogliere dei fiori	to pick flowers
il mazzo di fiori	bunch of flowers
la margherita	daisy
il botton d'oro	buttercup

la talpa

arrampicarsi su un albero

i fiori di campo

cogliere dei fiori

il mazzo di fiori

la margherita

il botton d'oro

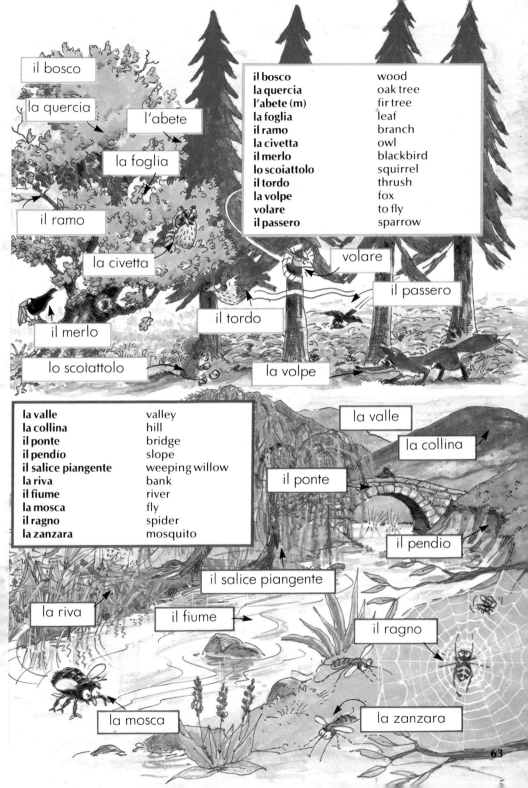

il bosco

la quercia

l'abete

la foglia

il ramo

la civetta

il merlo

lo scoiattolo

il bosco	wood
la quercia	oak tree
l'abete (m)	fir tree
la foglia	leaf
il ramo	branch
la civetta	owl
il merlo	blackbird
lo scoiattolo	squirrel
il tordo	thrush
la volpe	fox
volare	to fly
il passero	sparrow

volare

il passero

il tordo

la volpe

la valle	valley
la collina	hill
il ponte	bridge
il pendío	slope
il salice piangente	weeping willow
la riva	bank
il fiume	river
la mosca	fly
il ragno	spider
la zanzara	mosquito

la valle

la collina

il ponte

il pendio

il salice piangente

la riva

il fiume

il ragno

la mosca

la zanzara

63

On the farm

la fattoria

la stalla

la scuderia

il cavallo

il granaio

il fieno

la vacca

mungere

l'asino

la scala

il vitello

il maiale

la casa colonica

il gallo

il cortile

la gallina

il pollaio

deporre le uova

la contadina

l'oca

la capra

la fattoria	farm	**la scala**	ladder
la stalla	cowshed	**la casa colonica**	farmhouse
la scuderia	stable	**il cortile**	farmyard
il cavallo	horse	**la gallina**	hen
il granaio	barn	**il gallo**	cock
il fieno	hay	**il pollaio**	henhouse
la vacca	cow	**deporre le uova**	to lay eggs
mungere	to milk	**la contadina**	farmer (f), farmer's
il vitello	calf		wife
l'asino (m)	donkey	**l'oca**	goose
il maiale	pig	**la capra**	goat

il campo

il gregge

la pecora

il campo	field
il gregge	flock
la pecora	sheep
l'agnello (m)	lamb
il contadino	farmer
il cancello	gate
il cane pastore	sheepdog

l'agnello

il cancello

il cane pastore

il contadino

il vigneto	vineyard
la vite	vine
fare la raccolta	to harvest
il pagliaio	haystack
il grano	wheat
seminare	to sow

il vigneto

la vite

il frutteto

fare la raccolta

il melo

il pagliaio

raccogliere

il grano

seminare

il trattore

arare

il frutteto	orchard
il melo	apple tree
raccogliere	to pick
il trattore	tractor
arare	to plough
lo spaventapasseri	scarecrow

lo spaventapasseri

65

At work

essere in ritardo

l'ora di pranzo

andare al lavoro

essere puntuale

lo straordinario

andare al lavoro	to go to work	**l'ora di pranzo**	lunch hour
essere in ritardo	to be late	**lo straordinario**	overtime
essere puntuale	to be on time		

l'ufficio

impiegare qualcuno

diligenti

andare in pensione

la direttrice

pigro

la segretaria

l'impiegato

licenziare qualcuno

l'ufficio (m)	office	**l'impiegato (m)**	employee (m)
la direttrice	boss (f)	**diligente**	hard-working
la segretaria	secretary (f)	**pigro(a)**	lazy
impiegare qualcuno	to employ someone	**andare in pensione**	to retire
		licenziare qualcuno	to fire someone

la professione

l'idraulico

il muratore

l'architetto

la professione	job, profession
il muratore	builder, labourer
l'idraulico (m)	plumber
l'architetto (m)	architect

il giudice	judge
l'avvocatessa (f)	lawyer (f)
la giornalista	journalist (f)
il poliziotto	policeman/woman

la giornalista

il poliziotto

il giudice

l'avvocatessa

il parrocco

la negoziante

il parrocco	vicar
il fotografo	photographer (m/f)
la negoziante	shopkeeper (f)
il rappresentante di commercio	sales representative

il rappresentante di commercio

il fotografo

la disegnatrice

il soldato

il parrucchiere

il marinaio	sailor
il soldato	soldier
la disegnatrice	designer (f)
il parrucchiere	hairdresser (m)
la modella	model (f)

la modella

il marinaio

lo spazzino

il tassista

il pilota

la hostess

il camionista

il pompiere

lo spazzino	dustman
il tassista	taxi-driver
il camionista	lorry-driver
il pompiere	fireman
il pilota	pilot
la hostess	air hostess

Illness and health

sentirsi male

misurare la temperatura

il termometro

avere la febbre

la dottoressa

la ricetta

sentirsi meglio

guarire

la pillola

sano

sentirsi male	to feel ill	**la dottoressa**	doctor (f)
misurare la temperatura	to take someone's temperature	**la ricetta**	prescription
il termometro	thermometer	**guarire**	to cure
avere la febbre	to have a temperature	**la pillola**	pill
		sentirsi meglio	to feel better
		sano(a)	healthy

avere un raffreddore

avere mal di stomaco

starnutire

vomitare

svenire

avere mal di testa

avere un raffreddore	to have a cold
starnutire	to sneeze
svenire	to faint
avere mal di stomaco	to have stomach ache
vomitare	to be sick
avere mal di testa	to have a headache

il dentista

avere mal di denti

farsi otturare un dente

l'iniezione (f)

il dentista	dentist (m/f)
farsi otturare un dente	to have a filling
l'iniezione (f)	injection
avere mal di denti	to have toothache

l'ospedale

il pronto soccorso

il livido

l'ustione

slogarsi la mano

rompersi la gamba

la ferita

il cerotto

la fasciatura

l'ospedale (m)	hospital	**la ferita**	cut, wound
il pronto	casualty	**l'ustione (f)**	burn
soccorso	department	**slogarsi la mano**	to sprain your wrist
rompersi la gamba	to break your leg	**il cerotto**	sticking plaster
il livido	bruise	**la fasciatura**	bandage

l'ambulanza

misurare le pulsazioni

il paziente

la barella

l'ambulanza (f)	ambulance
misurare	to take someone's
le pulsazioni	pulse
la barella	stretcher
il paziente	patient (m)

la sala operatoria

l'operazione

l'infermiera

il chirurgo

la sala operatoria	operating theatre
il chirurgo	surgeon (m/f)
l'operazione (f)	operation
l'infermiera (f)	nurse (f)

School and education

la scuola materna

la scuola elementare

il direttore

il liceo

l'università

la preside

la scuola materna	nursery school	**il liceo**	secondary school
la scuola elementare	primary school	**la preside**	headmistress
il direttore	headmaster	**l'università (f)**	university

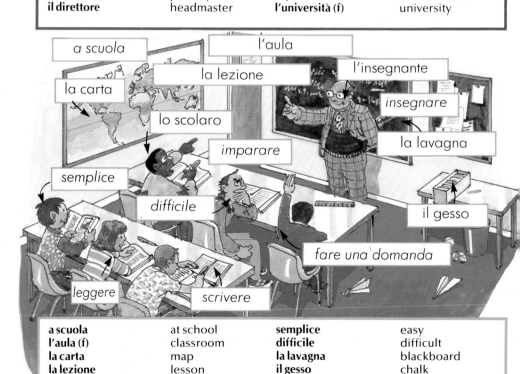

a scuola

l'aula

la lezione

l'insegnante

la carta

lo scolaro

insegnare

imparare

la lavagna

semplice

difficile

il gesso

fare una domanda

leggere

scrivere

a scuola	at school	**semplice**	easy
l'aula (f)	classroom	**difficile**	difficult
la carta	map	**la lavagna**	blackboard
la lezione	lesson	**il gesso**	chalk
l'insegnante (m/f)	teacher (m/f)	**leggere**	to read
insegnare	to teach	**scrivere**	to write
lo scolaro	pupil (m)	**fare una domanda**	to ask a question
imparare	to learn		

la cartella	satchel
il quaderno	exercise book
l'astuccio (m)	pencil case
la penna	pen
la penna a sfera	ball-point pen
la matita	pencil
la gomma	rubber
la riga	ruler

la cartella

il quaderno

l'astuccio

la penna

la gomma

la penna a sfera

la riga

la matita

alla scuola materna

alla scuola materna	at nursery school
il giocattolo	toy
la matita colorata	crayon
il libro illustrato	picture book
giocare	to play

il giocattolo

la matita colorata

giocare

il libro illustrato

il cortile della scuola

il campanello

il guardaroba

la pausa

il cortile della scuola	playground
la pausa	break
il campanello	bell
il guardaroba	cloakroom

71

School and education

l'anno scolastico

l'orario

la materia

l'inizio dell'anno scolastico

la fine dell'anno scolastico

il francese

la matematica

l'inglese

la fisica

la chimica

il tedesco

la biologia

l'italiano

la storia

la geografia

la musica

l'informatica

la ginnastica

l'anno (m) scolastico	the school year	**l'italiano (m)**	Italian
l'inizio (m) dell'anno scolastico	beginning of the school year	**la matematica**	maths
la fine dell'anno scolastico	end of the school year	**la fisica**	physics
		la chimica	chemistry
l'orario (m)	timetable	**la biologia**	biology
la materia	subject	**la storia**	history
il tedesco	German	**la geografia**	geography
l'inglese (m)	English	**la musica**	music
il francese	French	**l'informatica (f)**	computer studies
		la ginnastica	PE

A B C D E F G H I J K L M N O P Q R S T U V W X Y Z

la lettera

l'alfabeto

la grammatica

l'ortografia

la maiuscola

la parola

la frase

il punto

la lettera	letter
l'alfabeto (m)	alphabet
la grammatica	grammar
l'ortografia (f)	spelling
la maiuscola	capital letter
la parola	word
la frase	sentence
il punto	full stop

calcolare

addizionare

più

il computer

la tastiera

la calcolatrice

la frazione

il quarto

il terzo

la metà

tre quarti

$7 + 9 =$

$57 - 13 =$

$6 \times 17 =$

$100 : 25 =$

sottrarre

meno

moltiplicare

per

dividere

diviso per

calcolare	to do sums, to calculate
addizionare	to add
più	plus
sottrarre	to subtract
meno	minus
moltiplicare	to multiply
per	times
dividere	to divide
diviso per	divided by
il computer	computer
la tastiera	keyboard
la calcolatrice	calculator
la frazione	fraction
il quarto	a quarter
il terzo	a third
la metà	a half
tre quarti	three quarters

l'esame

superare un esame

la studentessa

Tanti auguri!

studiare

fare un esame

essere bocciato

la studentessa	student (f)	Tanti auguri!	Good luck!
studiare	to study	superare un esame	to pass an exam
l'esame (m)	exam		
fare un esame	to sit an exam	essere bocciato(a)	to fail an exam

73

Shapes and sizes

la forma	shape
il cerchio	circle
il quadrato	square
il triangolo	triangle
il cono	cone
il rettangolo	rectangle

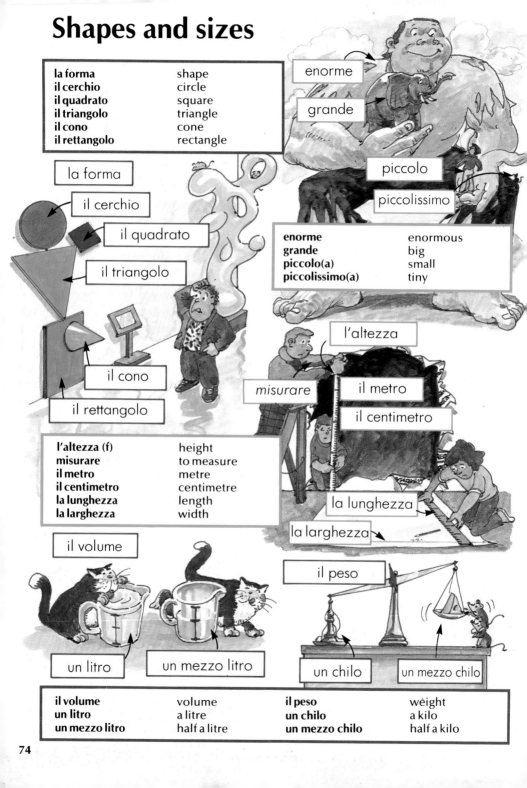

enorme

grande

piccolo

piccolissimo

la forma

il cerchio

il quadrato

il triangolo

il cono

il rettangolo

enorme	enormous
grande	big
piccolo(a)	small
piccolissimo(a)	tiny

l'altezza

misurare

il metro

il centimetro

l'altezza (f)	height
misurare	to measure
il metro	metre
il centimetro	centimetre
la lunghezza	length
la larghezza	width

la lunghezza

la larghezza

il volume

il peso

un litro

un mezzo litro

un chilo

un mezzo chilo

il volume	volume	**il peso**	wèight
un litro	a litre	**un chilo**	a kilo
un mezzo litro	half a litre	**un mezzo chilo**	half a kilo

Numbers

cento — 100

mille — 1000

un milione — 1 000 000

novanta 90
ottanta 80
settanta 70
sessanta 60
cinquanta 50
quaranta 40
trentatré 33
trentadue 32
trentuno 31
trenta 30
venticinque 25
ventiquattro 24
ventitré 23
ventidue 22
ventuno 21
venti 20
diciannove 19
diciotto 18
diciasette 17
sedici 16
quindici 15
quattordici 14
tredici 13
dodici 12
undici 11
dieci 10
nove 9
otto 8
sette 7
sei 6
cinque 5
quattro 4
tre 3
due 2
uno* 1
zero 0

*In Italian, **uno** changes to **una** before a feminine noun. 75

Sport

tenersi in forma

praticare il jogging

la fascia

allenarsi

le scarpe da jogging

la tuta

tenersi in forma	to keep fit	**le scarpe da jogging**	running shoes
allenarsi	to exercise		
praticare il jogging	to jog	**la tuta**	tracksuit
la fascia	headband		

giocare a golf

giocare a tennis

la mazza da golf

il campo da tennis

giocare a squash

il giocatore

servire

Dentro!

Fuori!

la rete

la palla

la racchetta

giocare a tennis	to play tennis	**la rete**	net
il campo da tennis	tennis court	**la palla**	ball
il giocatore	player (m)	**la racchetta**	racket
servire	to serve	**giocare a golf**	to play golf
Dentro!	In!	**la mazza da golf**	golf club
Fuori!	Out!	**giocare a squash**	to play squash

giocare al calcio

la squadra

l'arbitro

il campo di calcio

il portiere

il pallone

fare un gol

giocare al calcio	to play football
l'arbitro (m)	referee
la squadra	team
il campo di calcio	pitch
il portiere	goalkeeper
il pallone	ball, football
fare un gol	to score a goal

la piscina

nuotare

tuffarsi

il trampolino

nuotare sul dorso

nuotare a rana

nuotare a stile libero

la piscina	swimming pool	**nuotare a stile libero**	to crawl
nuotare	to swim	**tuffarsi**	to dive
nuotare sul dorso	to do back-stroke	**il trampolino**	diving board
nuotare a rana	to do breast-stroke		

la corsa di cavalli

la corsa automobilistica

la ginnastica

l'atletica leggera

la corsa di cavalli	horse racing
la corsa automobilistica	motor racing
la ginnastica	gymnastics
l'atletica (f) leggera	athletics

77

Celebrations

il compleanno	birthday
la festa	party
il palloncino	balloon
Tanti auguri di buon compleanno!	Happy Birthday!
invitare	to invite
divertirsi	to have fun, to enjoy yourself
la torta	cake
la candela	candle
la cartolina d'auguri	birthday card
il regalo	present
la confezione	wrapping

il compleanno

la festa

il palloncino

Tanti auguri di buon compleanno!

invitare

divertirsi

la torta

la candela

il regalo

la confezione

la cartolina d'auguri

la vigilia di Natale

Pasqua

Natale

il giorno di Natale

l'albero di Natale

Pasqua	Easter
Natale	Christmas
la vigilia di Natale	Christmas Eve
il giorno di Natale	Christmas Day
l'albero (m) di Natale	Christmas tree

fidanzarsi	le nozze	sposarsi
lo sposo	la sposa
l'invitato	il mazzo di fiori
fare gli auguri
essere felice
la luna di miele

fidanzarsi	to get engaged
le nozze	wedding
sposarsi	to get married
lo sposo	bridegroom
la sposa	bride
l'invitato (m)	guest
fare gli auguri	to congratulate
il mazzo di fiori	bouquet
essere felice	to be happy
la luna di miele	honeymoon

Buon Natale!

il canto natalizio

regalare · ricevere

Mille grazie!

ringraziare

San Silvestro

Capodanno

festeggiare

Buon Anno!

Buon Natale!	Happy Christmas!
il canto natalizio	Christmas carol
regalare	to give (a present)
ricevere	to receive
Mille grazie!	Thank you very much!
ringraziare	to thank

San Silvestro	New Year's Eve
Capodanno	New Year's Day
festeggiare	to celebrate
Buon Anno!	Happy New Year!

Days and dates

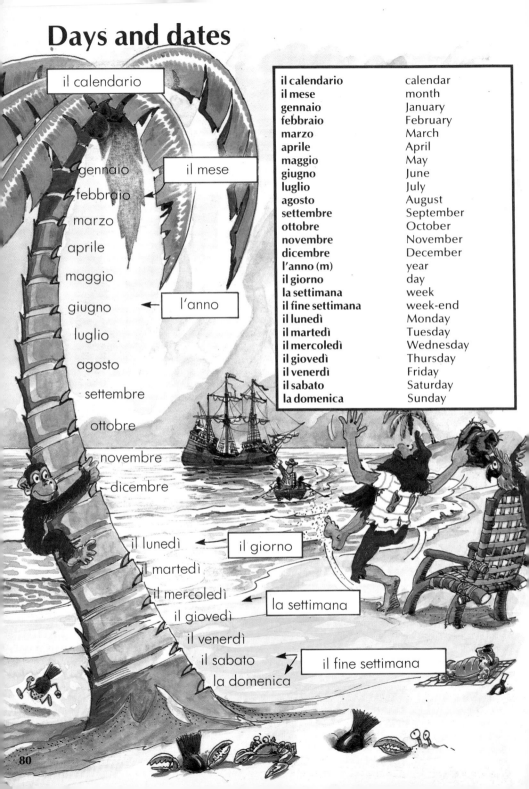

il calendario

il mese

l'anno

gennaio
febbraio
marzo
aprile
maggio
giugno
luglio
agosto
settembre
ottobre
novembre
dicembre

il calendario	calendar
il mese	month
gennaio	January
febbraio	February
marzo	March
aprile	April
maggio	May
giugno	June
luglio	July
agosto	August
settembre	September
ottobre	October
novembre	November
dicembre	December
l'anno (m)	year
il giorno	day
la settimana	week
il fine settimana	week-end
il lunedì	Monday
il martedì	Tuesday
il mercoledì	Wednesday
il giovedì	Thursday
il venerdì	Friday
il sabato	Saturday
la domenica	Sunday

il giorno

la settimana

il fine settimana

il lunedì
il martedì
il mercoledì
il giovedì
il venerdì
il sabato
la domenica

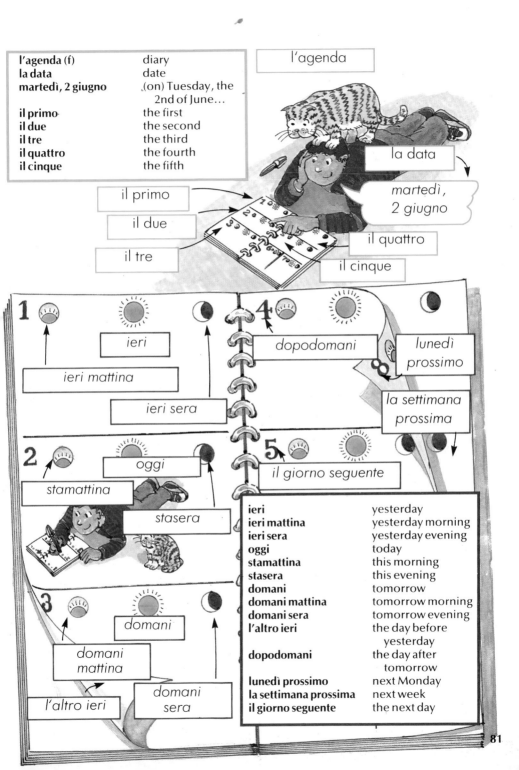

l'agenda (f)	diary
la data	date
martedì, 2 giugno	(on) Tuesday, the 2nd of June…
il primo	the first
il due	the second
il tre	the third
il quattro	the fourth
il cinque	the fifth

l'agenda

la data

martedì, 2 giugno

il primo

il due

il tre

il quattro

il cinque

1 ieri

ieri mattina

ieri sera

4 dopodomani

lunedì prossimo

la settimana prossima

2 oggi

stamattina

stasera

5 il giorno seguente

3 domani

domani mattina

l'altro ieri

domani sera

ieri	yesterday
ieri mattina	yesterday morning
ieri sera	yesterday evening
oggi	today
stamattina	this morning
stasera	this evening
domani	tomorrow
domani mattina	tomorrow morning
domani sera	tomorrow evening
l'altro ieri	the day before yesterday
dopodomani	the day after tomorrow
lunedì prossimo	next Monday
la settimana prossima	next week
il giorno seguente	the next day

81

Time

l'alba (f)	dawn	**il sole**	sun
il sorgere del sole	sunrise	**il cielo**	sky
Si fa giorno.	It is getting light.	**Si è fatto giorno.**	It is light.
il mattino	morning, in the morning	**il giorno**	day, in the daytime

il pomeriggio	afternoon, in the afternoon	**Si fa buio.**	It is getting dark.
		la notte	night, at night
la sera	evening, in the evening	**le stelle**	stars
		la luna	moon
il tramonto	sunset	**È buio.**	It is dark.

Che ora è?	What time is it?	**le dieci meno un quarto**	a quarter to 10
l'ora (f)	hour	**le dieci e cinque**	five past 10
il minuto	minute	**le dieci e un quarto**	a quarter past 10
il secondo	second	**le dieci e mezza**	half past 10
È l'una.	It is 1 o'clock.	**le otto di mattina**	8 a.m.
Sono le tre.	It is 3 o'clock.	**le otto di sera**	8 p.m.
mezzogiorno	midday		
mezzanotte	midnight		

il tempo	time	**nel passato**	in the past
il passato	past	**nel futuro**	in the future
il futuro	future	**ora**	now, nowadays
il presente	present		

Weather and seasons

la stagione	season
la primavera	spring
l'estate (f)	summer
l'autunno (m)	autumn
l'inverno (m)	winter

la stagione

la primavera

il tempo

Piove.

la pioggia

il temporale

la nuvola

il lampo

il tuono

l'inverno

l'autunno

l'estate

l'arcobaleno

l'ombrello

gli stivali di gomma

bagnato come un pulcino

la pozzanghera

la goccia di pioggia

la grandine

l'inondazione

il tempo	weather
Piove.	It's raining.
la pioggia	rain
il temporale	thunder storm
la nuvola	cloud
il lampo	lightning
il tuono	thunder
l'ombrello (m)	umbrella
l'arcobaleno (m)	rainbow
gli stivali di gomma	wellington boots
bagnato come un pulcino	soaked to the skin
la pozzanghera	puddle
la goccia di pioggia	raindrop
la grandine	hail
l'inondazione (f)	flood

il clima	climate
la previsione del tempo	weather forecast
Che tempo fa?	What is the weather like?

il clima

la previsione del tempo

Che tempo fa?

Fa bel tempo.

C'è il sole.

sudare

Ho caldo.

Fa bel tempo.	It's fine.
C'è il sole.	The sun is shining.
sudare	to sweat
Ho caldo.	I'm hot.

il vento

C'è vento.

il vento	wind
C'è vento.	It's windy.
la nebbia	fog
C'è nebbia.	It's foggy.

la nebbia

C'è nebbia.

Fa freddo.

la neve

essere gelata

il gelo

il pupazzo di neve

il ghiacciolo

Nevica.

sgelare

Fa freddo.	It's cold.
essere gelato(a)	to be frozen
il gelo	frost
il ghiacciolo	icicle
la neve	snow
il pupazzo di neve	snowman
Nevica.	It's snowing.
sgelare	to thaw

85

World and universe

il mondo

il polo nord

il nord

l'Atlantico

il Pacifico

l'ovest

l'est

il deserto

l'equatore

la giungla

il sud

il polo sud

il mondo	world	**il nord**	north
l'Atlantico (m)	Atlantic Ocean	**il Pacifico**	Pacific Ocean
l'ovest (m)	west	**l'est (m)**	east
il deserto	desert	**l'equatore (m)**	equator
la giungla	jungle	**il sud**	south
il polo nord	North Pole	**il polo sud**	South Pole

il continente

il paese

la Russia

il Canada

il Giappone

la Cina

gli Stati Uniti

l'Europa

l'India

l'Africa

la Nuova Zelanda

l'Australia

l'America latina

l'universo · lo spazio

la stella

il pianeta

la nave spaziale

la via lattea

il telescopio

l'universo (m)	universe
lo spazio	space
il pianeta	planet
la stella	star
la nave spaziale	spaceship
la via lattea	milky way
il telescopio	telescope

il continente	continent
il paese	country
la Russia	Russia
l'Europa (f)	Europe
l'Africa (f)	Africa
il Giappone	Japan
l'India (f)	India
la Cina	China
l'Australia (f)	Australia
la Nuova Zelanda	New Zealand
il Canada	Canada
gli Stati Uniti	United States
l'America latina (f)	South America

la Scandinavia	Scandinavia
la Gran Bretagna	Great Britain
i Paesi Bassi	Netherlands
il Belgio	Belgium
la Germania	Germany
la Francia	France
la Svizzera	Switzerland
l'Italia (f)	Italy
la Spagna	Spain

la Scandinavia

la Gran Bretagna

i Paesi Bassi

il Belgio

la Germania

la Francia

la Svizzera

l'Italia

la Spagna

Politics

il presidente

il parlamento

il deputato

il primo ministro

il governo

il presidente	president (m)
il parlamento	parliament
il deputato	member of parliament
il primo ministro	prime minister (m)
il governo	government

il partito

il capo del partito

popolare

il membro

il partito	party
il capo del partito	leader (f)
popolare	popular
il membro	member

l'elezione

votare

la sinistra

il centro

la destra

vincere

perdere

diventare membro

essere membro

l'elezione (f)	election	**il centro**	centre
votare	to vote	**la destra**	right, right wing
vincere	to win	**diventare membro**	to join
perdere	to lose	**essere membro**	to belong to
la sinistra	left, left wing		

Italian	English
i mass-media	the media
intervistare	to interview
importante	important
interessante	interesting
il giornale	newspaper
le notizie	news
il titolo	headline
l'articolo (m)	article
vero(a)	true
falso(a)	false

i mass-media

intervistare

importante

interessante

il giornale

le notizie

il titolo

l'articolo

vero

falso

la politica

la società

democratico

il salario

le tasse

il sindacato

la disoccupazione

Italian	English	Italian	English
la politica	politics	**le tasse**	taxes
la società	society	**il sindacato**	trade union
democratico(a)	democratic	**la disoccupazione**	unemployment
il salario	salary, wages		

Describing things

rumoroso

quieto

ubbidiente

cattivo

uguali

rumoroso(a)	noisy
quieto(a)	quiet, calm
ubbidiente	obedient
cattivo(a)	naughty, cheeky
uguale	same
differente	different

differenti

insieme

solo

occupato

utile

spaventato

occupato(a)	busy
utile	useful
insieme	together
solo(a)	alone
spaventato(a)	frightened
coraggioso(a)	brave, courageous

coraggioso

trascurato

preciso

arrabbiata

vivace

contenta di

noioso

trascurato(a)	careless
preciso(a)	precise
arrabbiato(a)	cross
contento(a) di	pleased with
vivace	lively
noioso(a)	boring

pieno

vuoto

lunga

duro

corta

morbido

pieno(a)	full
vuoto(a)	empty
lungo(a)	long
corto(a)	short
duro(a)	hard
morbido(a)	soft

nuova

aperta

vecchia

profonda

nuovo(a)	new
vecchio(a)	old
aperto(a)	open
chiuso(a)	closed
profondo(a)	deep
poco profondo(a)	shallow

chiusa

poco profonda

stretta

alla moda

fuori moda

ultimo

stretto(a)	tight
largo(a)	loose
alla moda	fashionable
fuori moda	old-fashioned
ultimo(a)	last

largo

di plastica

di legno

d'oro

di plastica	made of plastic
di legno	wooden, made of wood
d'oro	made of gold
di metallo	made of metal
d'argento	made of silver

di metallo

d'argento

91

Colours

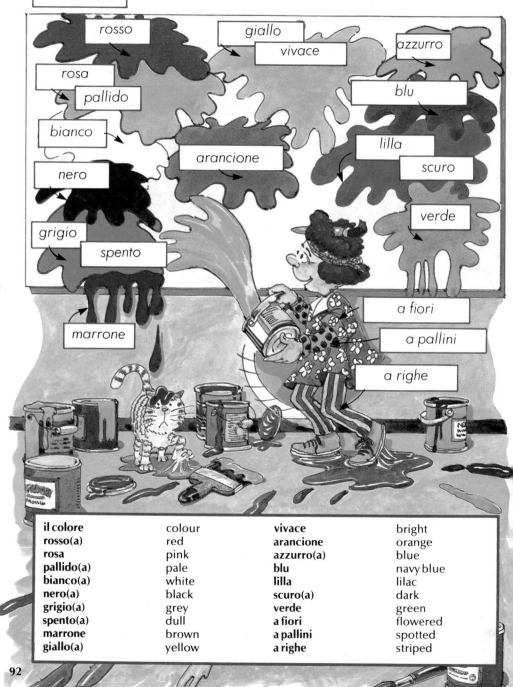

il colore

rosso · giallo · vivace · azzurro · rosa · pallido · blu · bianco · arancione · lilla · scuro · nero · verde · grigio · spento · a fiori · a pallini · a righe · marrone

il colore	colour	**vivace**	bright
rosso(a)	red	**arancione**	orange
rosa	pink	**azzurro(a)**	blue
pallido(a)	pale	**blu**	navy blue
bianco(a)	white	**lilla**	lilac
nero(a)	black	**scuro(a)**	dark
grigio(a)	grey	**verde**	green
spento(a)	dull	**a fiori**	flowered
marrone	brown	**a pallini**	spotted
giallo(a)	yellow	**a righe**	striped

In, on, under...

in	in	contro	against
su	on	attraverso	through
sotto	under	fra/tra	among
sopra	over	verso	to, towards
in	into	via da	away from (e.g. to
da	out of		run away from)
accanto a	beside		
fra/tra	between	su	up
vicino a	near to	giù	down
lontano da	far away from	di fronte a	opposite
davanti a	in front of	con	with
dietro a	behind	senza	without

Action words

bisbigliare

gridare

cercare

aspettare

appoggiarsi

tenere

bisbigliare	to whisper
gridare	to shout
cercare	to look for
aspettare	to wait for
appoggiarsi	to lean on
tenere	to hold

portare

raccogliere

far cadere

posare

portare	to carry	**raccogliere**	to pick up
far cadere	to drop	**posare**	to put down

toccare

chiudere

aprire

versare

riempire

agitare

vuotare

toccare	to touch
aprire	to open
chiudere	to close
versare	to pour
riempire	to fill
agitare	to shake
vuotare	to empty

stracciare

gettare

prendere

stracciare	to tear
rattoppare	to mend
gettare	to throw
prendere	to catch
rovesciare	to knock over
rompere	to break

rattoppare

rovesciare

rompere

rubare

scivolare

tirare

spingere

scappare

seguire

nascondersi

tirare	to pull	scappare	to run away
spingere	to push	seguire	to follow
rubare	to steal	nascondersi	to hide
scivolare	to slip		

Grammar hints

In order to speak Italian well, you need to learn a bit about the grammar, that is, how you put words together and make sentences. On the next few pages there are some hints on Italian grammar. Don't worry if you cannot remember them all at first. Try to learn a little grammar at a time and then practise using it.

Nouns

In Italian all nouns are either masculine or feminine. The word you use for "the" is **il** before most masculine nouns, **lo** before masculine nouns beginning with "z" or "s" plus another consonant, **la** before feminine nouns and **l'** before all nouns beginning with a vowel:

il cappello	the hat
la gonna	the skirt
l'impermeabile (m)	the raincoat
lo studente	the student

Most nouns ending in "o" are masculine and most of those ending in "a" are feminine. Nouns ending in "e" may be masculine or feminine:

la chiave	the key
il fiore	the flower

Some nouns have a masculine and a feminine form. These are often nouns which describe what people are or what they do:

l'amico (m)	the friend (m)
l'amica (f)	the friend (f)
lo studente	the student (m)
la studentessa	the student (f)
il turista	the tourist (m)
la turista	the tourist (f)

When they appear in the illustrated section, only the form which matches the picture is given, but both the masculine and feminine forms are given in the word list at the back.

Plurals

When you are talking about more than one thing, the word for "the" is **i** before most masculine nouns, **gli** before masculine nouns beginning with "z" or "s" plus another consonant and before masculine nouns beginning with a vowel, and **le** before all feminine nouns:

i cappelli	the hats
le gonne	the skirts
gli impermeabili	the raincoats
gli studenti	the students

To make nouns plural, you usually change the last vowel to "i" if the noun is masculine and to "e" if it is feminine. All nouns ending in "e" change to "i":

la strada	the street
le strade	the streets
il libro	the book
i libri	the books
la chiave	the key
le chiavi	the keys
il fiore	the flower
i fiori	the flowers

a, an and some

The word for "a" is **un** before most masculine nouns, **uno** before masculine nouns beginning with "z" or "s" plus another consonant, **una** before most feminine nouns and **un'** before feminine nouns beginning with a vowel:

un bicchiere	a glass
uno scolaro	a pupil
una casa	a house
un'altalena	a swing

The word for "some" is **dei** before most masculine nouns, **degli** before masculine plural nouns beginning with "z" or "s" plus another consonant, and **delle** before all feminine nouns:

dei ragazzi	some boys
degli zaini	some rucksacks
delle case	some houses

this, that

"This" is **questo** before a masculine noun and **questa** before a feminine noun:

questo libro	this book
questa strada	this street

"These" is **questi** before a masculine noun and **queste** before a feminine noun:

questi libri	these books
queste strade	these streets

"That" is **quel** before most masculine nouns, **quello** before masculine nouns beginning with "z" or "s" plus another consonant, **quella** before most feminine nouns and **quell'** before all nouns beginning with a vowel:

quel libro	that book
quello studente	that student
quella casa	that house
quell'albero	that tree
quell'arancia	that orange

*See Pronouns on page 99.

The plural "those" is **quei** before most masculine nouns, **quegli** before masculine nouns beginning with "z" or "s" plus another consonant and before masculine nouns beginning with a vowel, and **quelle** before all feminine nouns:

quei ragazzi	those boys
quegli stivali	those boots
quegli alberi	those trees
quelle case	those houses

my, your

"My", "your", "his", "her" and so on are called possessive adjectives. In Italian they change according to whether the noun which follows is masculine or feminine, singular or plural. You usually use "the" or "a" before a possessive adjective:

(m)	(f)
my	
il mio libro	**la mia casa**
my book	my house
your	
il tuo libro	**la tua casa**
his/her/its/your (formal)*	
il suo libro	**la sua casa**
our	
il nostro libro	**la nostra casa**
your (pl)	
il vostro libro	**la vostra casa**
their	
il loro libro	**la loro casa**

(m.pl)	(f.pl)
my	
i miei guanti	**le mie scarpe**
my gloves	my shoes
your	
i tuoi guanti	**le tue scarpe**
his/her/its/your (formal)*	
i suoi guanti	**le sue scarpe**
our	
i nostri guanti	**le nostre scarpe**
your (pl)	
i vostri guanti	**le vostre scarpe**
their	
i loro guanti	**le loro scarpe**

When you are talking about members of a family, you don't use "the" or "a" in the singular, but you do in the plural:

mia sorella	my sister
tuo zio	your uncle
le mie sorelle	my sisters
i tuoi zii	your uncles

Adjectives

Adjectives are describing words. In Italian, adjectives usually follow the noun they are describing. They also change their endings depending on whether they are describing a masculine or a feminine noun and whether it is singular or plural. Most adjectives end in "o" in the masculine and this "o" changes to "a" in the feminine:

un vicino simpatico a pleasant neighbour
una ragazza simpatica a nice girl

Adjectives ending in "e" don't change in the feminine:

un bicchiere grande a large glass
una casa grande a large house

To make adjectives plural, you usually change the last letter to "i" in the masculine and to "e" in the feminine. Adjectives ending in "e" change to "i":

i vicini simpatici pleasant neighbours
le ragazze simpatiche pleasant girls

i bicchieri grandi large glasses
le case grandi large houses

Comparing adjectives

To compare things, you put **più...di** (more...than), **tanto...quanto** (as...as) and **il, la, i, le più** with an adjective. The adjective agrees in the usual way:

Maria è più alta di me. Mary is taller than I am.
Maria è tanto alta quanto suo fratello. Mary is as tall as her brother.
Maria è la più alta. Mary is the tallest.

Just as in English, common adjectives do not add **più** or **il più**, but change completely:

buono	good
migliore	better
il migliore	best
cattivo	bad
peggiore	worse
il peggiore	worst

*See Pronouns on page 99

Pronouns

"I", "you", "he", "she" and so on are called personal pronouns. You use them in place of a noun:

io	I
tu	you (informal, s)
egli	he
ella	she/you (formal, s)
noi	we
voi	you (pl)
essi	they

In Italian there are three words for "you": **tu, lei** and **voi**. You say **tu** to a friend and **lei** to an adult whom you don't know very well. You say **voi** when you are talking to more than one person. Lui (he), Lei (she) and Loro (They) are colloquial forms.

In Italian you often use the verb without the pronoun:

Vado al cinema. I am going to the cinema.
Fa bel tempo. It is nice weather.
Studiamo l'italiano. We are studying Italian.

Verbs

Italian verbs (action words) change their endings according to who is doing the action. Most of them follow regular patterns of endings. There are three main patterns according to whether the verb's infinitive (e.g. in English: "to dance", "to do") ends in "are", "ere" or "ire". These are the endings for the present tense ("I dance" or "I am dancing"):

ballare	to dance
ballo	
balli	
balla	
balliamo	
ballate	
ballano	
vendere	to sell
vendo	
vendi	
vende	
vendiamo	
vendete	
vendono	

There are two patterns of endings for "ire" verbs:

aprire	to open
apro	
apri	
apre	
apriamo	
aprite	
aprono	
capire	to understand
capisco	
capisci	
capisce	
capiamo	
capite	
capiscono	

Some of the most common verbs, such as **avere** (to have) and **essere** (to be), do not follow any of these patterns and you need to learn them separately. They are known as irregular verbs. The present tenses of **avere** and **essere** are shown below. You can find the present tense of other irregular verbs on page 103.

avere	to have	essere	to be
ho		sono	
hai		sei	
ha		è	
abbiamo		siamo	
avete		siete	
hanno		sono	

The future tense is used for things you are going to do (in English, "I will dance" or "I am going to dance"). In Italian the future tense is made by removing the infinitive endings ("**are**", "**ere**" or "**ire**") and adding new ones:

ballare   to dance

ballerò
ballerai
ballerà
balleremo
ballerete
balleranno

vendere   to sell

venderò
venderai
venderà
venderemo
venderete
venderanno

capire   to understand

capirò
capirai
capirà
capiremo
capirete
capiranno

Here is the future tense of **avere** and **essere**:

avere	to have	essere	to be
avrò		sarò	
avrai		sarai	
avrà		sarà	
avremo		saremo	
avrete		sarete	
avranno		saranno	

For events which have already happened ("I have danced" or "I danced"), you use the perfect tense. You make the perfect by putting the present of **avere** with the past participle of the verb. The past participle is based on the infinitive and varies according to whether the verb is an "**are**", "**ere**" or "**ire**" type:

infinitive	past participle
ballare	ballato
vendere	venduto
capire	capito

Here are the perfect tenses of **ballare**, **vendere** and **capire**:

ho ballato
hai ballato
ha ballato
abbiamo ballato
avete ballato
hanno ballato

ho venduto
hai venduto
ha venduto
abbiamo venduto
avete venduto
hanno venduto

ho capito
hai capito
ha capito
abbiamo capito
avete capito
hanno capito

The following common Italian verbs
use **essere** instead of **avere** to make
the perfect tense:

andare	to go
arrivare	to arrive
cadere	to fall
diventare	to become
entrare	to go in
morire	to die
nascere	to be born
partire	to leave
restare	to stay
rientrare	to come back
ritornare	to go back
scendere	to go down
venire	to come
uscire	to go out

When you make the perfect tense
with **essere**, the past participle
changes according to whether the
subject of the verb is masculine or
feminine, singular or plural, like an
adjective:

sono andato(a)
sei andato(a)
è andato(a)
siamo andati(e)
siete andati(e)
sono andati(e)

Reflexive verbs

Verbs which have **si** at the end of
the infinitive are called reflexive
verbs. These verbs usually involve
doing something to yourself:

lavarsi	to wash oneself
divertirsi	to enjoy oneself
pettinarsi	to comb one's hair

Si means "self" and changes
according to who is doing the
action. Except in the infinitive, it
comes before the verb:

mi lavo
ti lavi
si lava
ci laviamo
vi lavate
si lavano

You always use **essere** to make the
perfect tense of reflexive verbs:

mi sono lavato(a)
ti sei lavato(a)
si è lavato(a)
ci siamo lavati(e)
vi siete lavati(e)
si sono lavati(e)

Negatives

To make a negative in Italian you put
non before the verb:

Non vado al cinema.   I am not going
to the cinema.
Non uscirò.   I will not go out.

With reflexive verbs **non** goes before
the reflexive pronoun (**mi, ti, si**, etc):

Non mi diverto. I am not enjoying myself.
Non mi sono lavato. I have not washed myself.

Object pronouns

An object pronoun is one which you put in place of a noun that is the object of a verb:

Cerca le sue chiavi. He is looking for his keys.
Le cerca. He is looking for them.

These are the object pronouns:

mi	me	**ci**	us
ti	you	**vi**	you
lo	him/it	**li**	them (m)
la	her/it	**le**	them (f)

In Italian you put the object pronoun just before the verb:

Lo guardo. I am looking at him.
Non mi guarda. He is not looking at me.

In the perfect tense, you put the object pronoun before **avere** or **essere** and the past participle changes like an adjective according to whether the pronoun is masculine, feminine, singular or plural:

L'ho guardato. I looked at him.
L'ho guardata. I looked at her.
I miei guanti! Li ho perduti. My gloves! I have lost them.
Le chiavi! Le ho trovate. The keys! I have found them.

Questions

In Italian you can make a question simply by raising your voice at the end of a sentence:

Sei andato al cinema? Have you been to the cinema?
Vuoi un'altra birra? Would you like another beer?

Below are some common question words. When you use these, you put the subject after the verb. If the subject is "I", "you", "he", etc, it is usually left out:

Come...? How...?
Come sei venuto? How did you get here?
Quando...? When...?
Quando è la festa? When is the party?
Quanto...? How much...?
Quanto costa il biglietto? How much does the ticket cost?
Dove...? Where...?
Dove sei stato? Where have you been?
Che cosa...? What...?
Che cosa fa Paolo? What is Paolo doing?
Chi...? Who...?
Chi è arrivato prima? Who got here first?
Perché...? Why...?
Perché sei andato là? Why did you go there?
Quale...? Which...?
Quale libro vuoi? Which book do you want?
Quali...? Which...? (pl)
Quali lingue parli? Which languages do you speak?

Irregular verbs

Here are the present tenses of some common irregular verbs, together with the **io** form of the future and perfect tenses. Try to learn these verbs, one or two at a time, as you will probably need to use them quite frequently when you are speaking Italian:

andare   to go
vado
vai
va
andiamo
andate
vanno

future: **andrò**
perfect: **sono andato(a)**

avere   to have
ho
hai
ha
abbiamo
avete
hanno

future: **avrò**
perfect: **ho avuto**

bere   to drink
bevo
bevi
beve
beviamo
bevete
bevono

future: **berrò**
perfect: **ho bevuto**

cuocere   to cook
cuocio
cuoci
cuoce
cuociamo
cuocete
cuociono

future: **cuocerò**
perfect: **ho cotto**

dare   to give
do
dai
dà
diamo
date
danno

future: **darò**
perfect: **ho dato**

dire   to say
dico
dici
dice
diciamo
dite
dicono

future: **dirò**
perfect: **ho detto**

dovere   to have to, must
devo
devi
deve
dobbiamo
dovete
devono

future: **dovrò**
perfect: **ho dovuto**

essere	to be	potere	to be able to, can

essere   to be

sono
sei
è
siamo
siete
sono

future: **sarò**
perfect: **sono stato(a)**

fare   to do

faccio
fai
fa
facciamo
fate
fanno

future: **farò**
perfect: **ho fatto**

morire   to die

muoio
muori
muore
moriamo
morite
muoiono

future: **morirò**
perfect: **sono morto(a)**

porre   to put

pongo
poni
pone
poniamo
ponete
pongono

future: **porrò**
perfect: **ho posto**

potere   to be able to, can

posso
puoi
può
possiamo
potete
possono

future: **potrò**
perfect: **ho potuto**

raccogliere   to collect

raccolgo
raccogli
raccoglie
raccogliamo
raccogliete
raccolgono

future: **raccoglierò**
perfect: **ho raccolto**

rimanere   to stay

rimango
rimani
rimane
rimaniamo
rimanete
rimangono

future: **rimarrò**
perfect: **sono rimasto(a)**

salire   to go up

salgo
sali
sale
saliamo
salite
salgono

future: **salirò**
perfect: **sono salito(a)**

sapere	to know	**uscire**	to go out

sapere   to know   **uscire**   to go out

so   **esco**
sai   **esci**
sa   **esce**
sappiamo   **usciamo**
sapete   **uscite**
sanno   **escono**

future: **saprò**   future: **uscirò**
perfect: **ho saputo**   perfect: **sono uscito(a)**

sedersi   to sit down   **vedere**   to see

mi siedo   **vedo**
ti siedi   **vedi**
si siede   **vede**
ci sediamo   **vediamo**
vi sedete   **vedete**
si siedono   **vedono**

future: **mi siederò**   future: **vedrò**
perfect: **mi sono seduto(a)**   perfect: **ho visto**

tenere   to hold   **venire**   to come

tengo   **vengo**
tieni   **vieni**
tiene   **viene**
teniamo   **veniamo**
tenete   **venite**
tengono   **vengono**

future: **terrò**   future: **verrò**
perfect: **ho tenuto**   perfect: **sono venuto(a)**

togliere   to take off   **volere**   to want

tolgo   **voglio**
togli   **vuoi**
toglie   **vuole**
togliamo   **vogliamo**
togliete   **volete**
tolgono   **vogliono**

future: **toglierò**   future: **vorrò**
perfect: **ho tolto**   perfect: **ho voluto**

Phrase explainer

Throughout the illustrated section of this book, there are useful short phrases and everyday expressions. You may find these easier to remember if you understand the different words that make them up.

This section lists the expressions under the page number where they appeared (although those whose word for word meaning is like the English have been left out). After reminding you of the suggested English equivalent, it shows you how they break down and, wherever possible, gives you the literal translations of the words involved.* Any grammatical terms used (e.g. reflexive verb) are explained in the Grammar hints.

page 4
● **A presto!**   See you later:
a=until (and many other meanings); **presto**=soon.
● **Dare un bacino a**   to kiss:
dare=to give; **un bacino**=a kiss (diminutive of **il bacio**=kiss); **a**=to. Another way of saying "to kiss" is **baciare.**

page 5
● **D'accordo**   I agree/Agreed:
d' (**di** in front of consonants)=of; **l'accordo** (m)=agreement.
● **Come ti chiami?**   What's your name?
come?=how; **chiamarsi**=to call oneself (a reflexive verb).
● **Quanti anni hai?**   How old are you?
quanti?=how many?; **anni**=years; **hai?**=have (you)?
● **Ho diciannove anni.**   I'm nineteen:

ho=(I) have; **diciannove**=nineteen; **anni**=years.

page 12
● **Sono a casa.**   I'm at home:
sono=(I) am; **a casa**=at (my) house.

page 18
● **ATTENTI AL CANE!**   BEWARE OF THE DOG:
attenti=careful (m.pl); **al**=(**a**+**il**) to the; **cane**=dog.

page 26
● **Servitevi.**   Help yourselves:
servirsi=to serve oneself (reflexive verb).
● **Buon appetito!**   Enjoy your meal:
buon=good; **appetito**=appetite. This is a polite phrase you say to people who are about to eat. Note that **buono** becomes **buon** in front of most masculine nouns.
● **È buono.**   It tastes good:
è=(it) is; **buono**=good.

page 37
● **Che desidera?**   What would you like?
che?=what?; **desidera**=do (you) want/wish? (you use the **lei** form to be polite, see page 98).
● **Servizio compreso?**   Is service included?
il servizio=service; **compreso**=included.
● **Senza servizio!**   Service not included!
senza=without; **servizio**=service.

page 43
● **Fa...**   That will be...
fa=it makes; this is another way of saying **costa...** (see page 44).

*Literal meanings of Italian words are introduced by the sign =.

page 44

•**Che cosa desidera?** What would you like?
che cosa=what; **desidera**=do (you) want/wish?
(same meaning as **Che desidera?** See page 37).

• **Vorrei...** I would like...
vorrei=(I) would like (conditional tense of **volere**=to want);
this is how you ask for things in shops, restaurants, ticket offices etc...

• **Che taglia è?** What size is it?
che=what; **taglia**=size; **è**=is (it).

• **Quanto costa...?** How much is...?
quanto=how much; **costa**=(it) costs.
e.g. **Quanto costa questo vestito? How much is this dress?**

• **Costa...** It costs.
costa=(it) costs.

page 48

• **Pronto!** Hello!
pronto=ready; **pronto** on its own is only used on the telephone.

•**Chi parla?** Who's speaking?
chi=who? **parla**=speaks.

page 49

• **Egregi signori,** Dear Sir/Madam:
egregi=distinguished; **signori**=sirs (plural of **signore** – sir – but it is also used to address men and women).

• **Caro/Cara,** Dear, (m,f)
This is how you open a less formal letter.

• **In allegato trovate** Please find enclosed:
in=in; **allegato**=enclosed; **trovate**=(you) (pl) find.

• **Con i migliori saluti** Yours faithfully:
con=with; **i migliori**=the best; **saluti**=greetings.

• **La tua lettera mi ha fatto molto piacere** It was lovely to hear from you:
la tua lettera=your letter; **mi ha fatto**=has done to me; **molto**=a lot; **piacere**=pleasure.

• **Tanti baci...** Love from:
tanti=many; **baci**=kisses.

• **È molto bello qui.** It's really lovely here:
è=(it) is; **molto**=very; **bello**=beautiful; **qui**=here.

• **Penso molto a te** Thinking of you:
penso=(I) think; **molto**=a lot; **a te**=to you.

• **Urgente stop chiamare a casa stop** urgent message stop phone home stop:
chiamare=to call/phone, **urgente**=urgent; **a casa**=at home.

page 50

• **In quale direzione è...?** Which way is...?
in=in; **quale**=which; **direzione**=direction; **è**=is.

• **È distante?** Is it far to...?
è=is(it);
distance=far(to).

page 52

• **Divieto di sosta!** No parking!
divieto=prohibition; **di**=of; **sosta**=parking.

page 55

• **Non fumatori** No smoking:
=non-smokers.

page 78

• **Buon compleanno!** Happy birthday! **buon**=good; **compleanno**=birthday.

page 79
- **Buon Natale!** Happy Christmas! **buon**=good; **Natale**=Christmas.
- **Mille grazie** Thank you very much: **mille**=a thousand; **grazie**=thanks.
- **Buon anno!** Happy New Year! **buon**=good; **anno**=year.

page 82
- **Si fa giorno** It is getting light: **si fa**=(it) is making itself (**fare** is commonly used to describe the weather, see examples on page 85); **giorno**=daylight (**giorno** means "daylight" as well as "day").
- **Si è fatto giorno.** It is light: **Si è fatto** =(it) has made itself **giorno**=daylight (see above).
- **Si fa buio** It is getting dark: **si fa**=(it) is making itself (see above); **buio**=dark, darkness.
- **È buio** It is dark: **è**=(it) is; **buio**=dark.

page 83
- **Che ora è?** What time is it? **che**=what; **ora**=hour; **è**=is.
- **È l'una** It is one o'clock; **è**=(it) is; **l'una**=the one, meaning "the hour one". In Italian you put "the" in front of the number.
- **Sono le tre** It is three o'clock: **sono**=(they) are; **le tre**= three, meaning "the hours three".
- **le dieci e cinque/e un quarto/e mezzo** five minutes/a quarter/half past ten: **le dieci**=(the) ten (see above); **e cinque**=and five; **e un quarto**=and (a) quarter; **e mezzo**=and half.
- **le otto di mattina/sera** 8 a.m./p.m.: **le otto**=the eight (eight o'clock); **di mattina**=of (the) morning; **di sera**=of (the) evening.

page 84
- **Piove** It is raining: **piove**=(it) rains

page 85
- **Che tempo fa?** What is the weather like? **che**=which; **tempo**=weather; **fa?**=does (it) make? (see **fa giorno** page 82).
- **Ho caldo** I'm hot: **ho**=(I) have; **caldo**=hot; (**avere**=to have is often used in such expressions, e.g. **ho fame/freddo**=I'm hungry/cold).
- **C'è vento/nebbia** It's windy/foggy: **c'è**=there is; **vento**=wind; **nebbia**=fog.

English-Italian word list

Here you will find the Italian words, phrases and expressions from the illustrated section of the book listed in English alphabetical order. Wherever useful, phrases and expressions are cross referenced, and the words they are made up from are included in the list.

Following each Italian term you will find its pronunciation in italics. To pronounce Italian properly, you need to listen to an Italian person. This pronunciation guide will give you an idea as to how pronounce new words and act as a reminder to words you have heard spoken.

When using the pronunciation hints in italics, read the "words" as if they were in English but bear in mind the following points:

- a is said like a in *cat*
- ai is like *hair*
- e is like in day
- ay (usually at the beginning and end of words) is also like in *day* but longer
- ly is a sound which doesn't exist in English. You obtain it by saying LEE with stretched lips as if for a smile and with tongue pressed against the roof of your mouth
- ny as in *onion*

A

to accelerate	accelerare	ac-chElerArey
actor	l'attore	l'at-tOrey
actress	l'attrice	l'at-trEEchey
to add	addizionare	ad-dEEtzyonarey
address	l'indirizzo (m)	l'eendeerEEtzo
advertisement	la pubblicità	la poob-bleecheetA
aeroplane	l'aereo (m)	l'a-Alreyo
Africa	l'Africa (f)	l'Afreeka
in the afternoon	il pomeriggio	eel pomerEEj-jo
against	contro	kOntro
age	l'età (f)	l'etA
I agree, agreed	D'accordo	d'ak-kOrdo
air hostess	la hostess	la Ostes
air steward	lo steward	lo steward
airmail	la posta aerea	la pOsta a-Alreya
airport	l'aeroporto (m)	l'AIropOrto
aisle	il corridoio	eel kor-reedOyo
alarm clock	la sveglia	la zvElya
alone	solo(a)	sOlo(a)
alphabet	l'alfabeto (m)	l'alfabAlto
ambulance	l'ambulanza (f)	l'amboolAntza
among	tra/fra	trA/frA
anchor	l'àncora (f)	l'Ankora
and	e	ey
animal	l'animale (m)	l'aneemAley
ankle	la caviglia	la kavEElya
to answer	rispondere	reespOnderey
to answer the telephone	rispondere al telefono	reespOnderey al telAlfono
apple	la mela	la mEla
apple tree	il melo	eel mElo
apricot	l'albicocca (f)	l'albeekOk-ka
April	aprile	aprEEley
architect	l'architetto(a)	l'arkeetEt-to(a)
area code (telephone)	il prefisso	eel prefEEs-so
arm	il braccio	eel brAc-cho
armchair	la poltrona	la poltrOna
Arrivals	Arrivi (m,pl)	ar-rEEvee
art gallery	la galleria d'arte	la gallerYa d'Artey
article (in newspaper)	l'articolo (m)	l'artEEkolo
to ask a question	fare una domanda	fArey oona domAnda
to ask the way	domandare la strada	domandArey la strAda
to fall asleep	addormentarsi	ad-dormentArsee
at the beach	alla spiaggia	al-la spyAj-ja
athletics	l'atletica (f) leggera	l'atlAlteeka lej-jAlra
Atlantic Ocean	l'Atlantico (m)	l'atlAn-teeko
attic	la soffitta	la sof-fEEt-ta
audience	gli spettatori	lee spet-tatOree
August	agosto	agOsto
aunt	la zia	la tzEEa
Australia	l'Australia (f)	l'owstrAlya
autumn	l'autunno (m)	l'owtOOn-no
away from...	via da...	vEEa da

B

baby	il bebè	eel bebAl
back (of body)	la schiena	la skyAlna
to do back-stroke	nuotare sulla schiena	nwotArey sool-la skyAlna
backwards	all'indietro	al-l'eendyAltro

English	Italian	Pronunciation
bait	l'esca (f)	l'Eska
bakery	la panetteria	la panet-terEEa
balcony	il balcone	eel balkOney
with balcony	con balcone	kon balkOney
bald	calvo(a)	kAlvo(a)
to be bald	essere calvo(a)	Als-sereykAlvo(a)
ball	la palla	la pAl-la
ballet	il balletto	eel bal-lEt-to
ballet dancer (m)	il ballerino	eel bal-lerEEno
ballet dancer (f)	la ballerina	la bal-lerEEna
balloon	il palloncino	eel pal-lonchEEno
banana	la banana	la banAna
bandage	la fasciatura	la fashatOOra
bank (river)	la riva	la rEEva
bank	la banca	la bAnka
bank manager	il direttore della banca	eel deeret-tOrey dElla bAnka
to bank money	fare un versamento	fArey oon versamEnto
barefoot	scalzo(a)	skAltzo(a)
bargain	l'affare (f)	l'af-fArey
to bark	abbaiare	ab-baYArey
barn	il granaio	eel granAyo
barrier	la sbarra	la zbAr-ra
basement	lo scantinato	lo skanteenAto
basket	il cestino	eel chestEEno
bath	la vasca da bagno	la vAska da bAnyo
to have a bath	fare il bagno	fArey eel bAnyo
to run a bath	fare scorrere l'acqua del bagno	fArey skOr-rerey l'Akwa del bAnyo
bathmat	lo scendibagno	lo shendeebAnyo
bathrobe	l'accappatoio (m)	l'ak-kap-patOyo
bathroom	il bagno	eel bAnyo
with bathroom	con bagno	kon bAnyo
to be	essere	Als-serey
to be born	nascere	nAsherey
to be called, to be named	chiamarsi	kyamArsee
to be fond of	voler bene a	volEr bAlney a
to be frozen	essere gelato (a)	AIS-serey jelAto (a)
to be happy	essere felice (m,f)	ais-sEray felEEchey
to be hungry	aver fame	avEr fAmey
to be late	essere in ritardo	Als-serey een reetArdo
to be on time	essere puntuale	Als-serey poonTWAley
to be seasick	soffrire di mal di mare	sof-frEErey dee mAl dee mArey
to be sick	vomitare	vomeetArey
to be sleepy	avere sonno	avErey sOn-no
to be thirsty	avere sete	avErey sEtey
beach	la spiaggia	la spyAj-ja
beak	il becco	eel bAIk-ko
beans	i fagioli (m.pl)	ee fajOlee
green beans	i fagiolini (m.pl)	ee fajolEEnee
beard	la barba	la bArba
to have a beard	portare la barba	portArey la bArba
bed	il letto	eel lAIt-to
to go to bed	coricarsi	koreekArsee
bedroom	la camera da letto	la kAmera da lAIt-to
bedside table	il comodino	eel komodEEno
bedspread	il copriletto	eel kopree AI t-to
bedtime	l'ora di andare a dormire	l'Ora dee andArey a dormEErey
bee	l'ape (f)	l'Apey
beer	la birra	la bEEr-ra
behind	dietro(a)	dyAItro(a)
Belgium	il Belgio	eel bAIljo
bell	il campanello	eel campanAIl-lo
to belong to	essere membro(a) di	Ais-serey mAImbro(a) dee
belt	la cintura	la cheentOOra
safety belt, seatbelt	la cintura di sicurezza	la cheentOOra dee seekoorEtza
bench	la panchina	la pankEEna
beside	accanto a	ak-kAnto a
best	il/la migliore	eel/la meelyOrey
better	meglio	mAllyo
to feel better	sentirsi meglio	sentEErsee mAllyo
between	tra/fra	trA/frA
Beware of the dog	Attenti al cane	at-tAIntee al kAney
bicycle	la bicicletta	la beecheeklEt-ta
big	grande	grAndey
bill	il conto	eel kOnto
bin	il secchio delle immondizie	eel sAIk-kyo dEl-ley eem-mondEEtzyey
biology	la biologia	la byolojYa
bird	l'uccello (m)	l'ooc-chAIl-lo
birth	la nascita	la nAsheeta
birthday	il compleanno	eel kompleAn-no
birthday card	la cartolina d'auguri	la kartolEEna d'owgOOree
biscuit	il biscotto	eel beeskOt-to
bitter	amaro (a)	amAro (a)
black	nero(a)	nEro(a)
blackbird	il merlo	eel mAIrlo
blackboard	la lavagna	la lavAnya
block of flats	il caseggiato	eel kasaij-jAto
blond	biondo(a)	byOndo(a)
blond hair	i capelli biondi	ee kapEl-lee byOndee
blouse	la camicetta	la kameechEt-ta
blue	azzurro	atzOOrro
to board (a plane)	imbarcarsi	eembarkArsee
board game	il gioco da tavola	eel jOko da tAvola
boat	la nave	la nAvey
to travel by boat	andare via nave	andArey vYa nAvey
body	il corpo	eel kOrpo
bonnet (of car)	il cofano	eel kOfano
book	il libro	eel lEEbro
picture book	il libro illustrato	eel lEEbro eel-loostrAto
fully booked, booked up	completo(a)	komplAIto(a)
bookshop	la libreria	la leebrerEEa
boot (of car)	il portabagagli	eel portabagAly
boots	gli stivali	ly steevAlee
wellington boots	gli stivali di gomma	ly steevAlee dee gOm-ma
boring	noioso(a)	noYOso(a)
to be born	nascere	nAsherey
boss	il direttore	eel deerait-tOrey
	la direttrice	la deerait-trEEchey
bottle	la bottiglia	la bot-tEElya
bouquet	il mazzo di fiori	eel mAtzo dee fyOree
boutique	il negozio di mode	eel negOtzyo dee mOdey
bowl	il piatto fondo	eel pyAt-to fOndo
bowl for goldfish	il vaso dei pesci rossi	eel vAzo dEy pEshee rOs-see
box-office	lo sportello	lo sportAIl-lo
boy	il ragazzo	eel ragAtz-zo
bra	il reggiseno	eel rej-jeesEno
bracelet	il braccialetto	eel brac-chalEt-to
branch	il ramo	eel rAmo
brave, courageous	coraggioso(a)	koraj-jOso(a)
bread	il pane	eel pAney

break (at school)	la pausa	la pOWsa
to break	rompere	rOmperey
to break your leg	rompersi la gamba	rOmpersee la gAmba
breakdown	il guasto	eel gwAsto
to have a breakdown	avere un guasto al motore	avErey oon gwAsto al motOrey
breakfast	la colazione	la kolazYOne
to do breast-stroke	nuotare a rana	nwotArey a rAna
bride	la sposa	la spOza
bridegroom	lo sposo	lo spOzo
bridge	il ponte	eel pOntey
bright	vivace	veevAchey
to bring up	educare	aidookArey
broad	largo(a)	lArgo(a)
brooch	la spilla	la spEEl-la
brother	il fratello	eel fratAll-lo
brown	marrone	mar-rOney
brown hair	i capelli bruni	ee kapEl-lee brOOnee
bruise	il livido	eel lEEveedo
brush (for painting)	il pennello	eel pennAll-lo
brush (for hair)	la spazzola	la spAtz-zola
toothbrush	lo spazzolino	lo spatz-zolEEno
to brush your hair	spazzolarsi i capelli	spatz-zolArsee ee kapEl-lee
Brussels sprouts	i cavolini di Bruxelles	ee KavolEEnee dee BrooxAll
bucket	il secchiello	eel sek-kyAll-lo
budgie	il pappagallino	ell pap-pagal-lEEno
buffet car	il vagone ristorante	eel vagOney reestorAntey
builder, labourer	il muratore	eel mooratOrey
building	l'edificio (m)	l'edeefEEcho
bulb (plant)	il bulbo	eel bOOlbo
bunch of flowers	il mazzo di fiori	eel mAtzo dee fyOree
burn	l'ustione (f)	l'oostyOney
to burst out laughing	scoppiare in una risata	skop-pyArey een oona reesAta
bus	l'autobus (m)	l'owtobOOs
bus stop	la fermata	la fermAta
to take the bus	prendere l'autobus	prAInderey l'owtobOOs
bush	il cespuglio	eel chespOOlyo
bustling, busy	animato	animAto
butcher's	la macelleria	ela machel-lerEEa
butter	il burro	eel bOOr-ro
buttercup	il botton d'oro	eel bot-tOn d'Oro
butterfly	la farfalla	la farfAl-la
button	il bottone	eel bot-tOney
to buy	comprare	komprArey
by return of post	a giro di posta	a jEEro dee pOsta

C

cabbage	il cavolo bianco	eel kAvolo byAnko
cabin	la cabina	la kabEEna
cage	la gabbia	la gAb-bya
cake	la torta	la tOrta
cake shop	la pasticceria	la pasteec-cherEEa
to calculate	calcolare	kalkolArey
calculator	la calcolatrice	la kalkolatrEEchey
calendar	il calendario	eel kalendAryo
calf	il vitello	eel veetEL-lo
camel	il cammello	eel kam-mAll-lo
camera	la macchina fotografica	la mAk-keena fotogrAfeeka

to camp, to go camping	campeggiare	kampej-jArey
campsite	il campeggio	eel kampEj-jo
Can I help you?	Che cosa desidera?	ke kOsa deseedEra
Canada	il Canada	eel kAnada
candle	la candela	la kandEla
canoe	la canoa	la kanOa
cap	il berretto	eel ber-rEt-to
capital letter	la maiuscola	la mayOOskola
to capsize	capovolgersi	kapovOljersee
captain	il capitano	eel kapeetAno
car	l'automobile (f)	l'owtomObeeley
car-park	il parcheggio	eel parkEj-jo
caravan	la roulotte	la roolOt
card		
credit card	la carta di credito	la kArta dee krEdeeto
playing cards	le carte	ley kArtey
postcard	la cartolina	la kartolEEna
to play cards	giocare a carte	jokArey a kArtey
cardigan	il cardigan	eel kardeegan
careless	trascurato(a)	traskoorAto(a)
caretaker (m)	il portinaio	eel porteenAyo
caretaker (f)	la portinaia	la porteenAya
cargo, load	il carico	eel kAreeko
carpet, rug	il tappeto	eel tap-pEto
fitted carpet	la moquette	la mokAlt
carriage	la carrozza	la karOtza
carrier-bag	il sacchetto	eel sak-kEt-to
to carry	portare	portArey
carrot	la carota	la karOta
cashier (m)	il cassiere	eel kas-syAIrey
cashier (f)	la cassiera	la kas-syAIra
cassette	la cassetta	la kas-sEt-ta
casette recorder	il registratore a cassette	eel rejeestratOrey a kas-sAlt-tey
casualty departement	il pronto soccorso	eel prOnto sok-kOrso
cat	il gatto	eel gAt-to
to catch	prendere	prAInderey
to catch a fish	prendere un pesce	prAInderey oon pEshey
to catch the train	prendere il treno	prAInderey eel trAIno
cathedral	il duomo	eel dwOmo
cauliflower	il cavolfiore	eel kavolfyOrey
to celebrate	festeggiare	festej-jArey
cellar	la cantina	la kantEEna
cello	il violoncello	eel vyolonchEl-lo
to play the cello	suonare il violoncello	swonArey eel vyOlonchEl-lo
cemetery	il cimitero	eel cheemeetAIro
centimetre	il centimetro	eel chentEEmetro
centre (in politics)	di centro	dee chAIntro
chair	la sedia	la sAIdya
chairlift	la seggiovia	la sej-jovEEa
chalk	il gesso	eel jAIs-so
change (money)	gli spiccioli	ly spEEc-cholee
Have you any small change?	Ha spiccioli?	a spEEc-cholee
to change money	cambiare denaro	kambYArey denAro
channel (TV and radio)	il canale	eel kanAley
to chase	rincorrere	reenkOr-rerey
to chat	discorrere	diskOr-rerey
check-in	il check-in	eel chek een
cheek	la guancia	la gwAncha
cheerful	allegro(a)	al-lEgro(a)
cheese	il formaggio	eel formAj-jo
checkout	la cassa	la kAs-sa
chemist (shop)	la farmacia	la farmachEEa
chemistry	la chimica	la kEEmeeka

English	Italian	Pronunciation
cheque	l'assegno (m)	l'as-sEnyo
to write a cheque	fare un assegno	fArey oon as-sEnyo
cheque-book	il libretto degli assegni	eel leebrEt-to dEly as-sEnyee
cherry	la ciliegia	la cheelyAlja
to play chess	giocare a scacchi	jokArey a skAk-kee
chest	il petto	eel pAlt-to
chick peas	i ceci (m,pl)	ee chEchee
chicken	il pollo	eel pOl-lo
child (m)	il bambino	eel bambEEno
child (f)	la bambina	la bambEEna
childhood	l'infanzia (f)	l'eenfAntzya
children	i figli	fEElyee
chimney	il camino	eel kamEEno
chin	il mento	eel mEnto
China	la Cina	la chEEna
chocolate	il cioccolato	eel chok-kolAto
choir	il coro	eel kOro
Christmas	il Natale	eel natAley
Christmas Day	il giorno di Natale	eel jOrno dee natAley
Christmas carol	il canto natalizio	eel kAnto natalEEtzyo
Happy Christmas	Buon Natale!	bwOn natAley
Christmas Eve	la vigilia di Natale	la veejEElya dee natAley
Christmas tree	l'albero (m) di Natale	l'Albero dee natAley
chrysanthemum	il crisantemo	eel kreesantAlmo
church	la chiesa	la kyAlsa
cinema	il cinema	eel chEEnema
to go to the cinema	andare al cinema	andArey al chEEnema
circle	il cerchio	eel chErkyo
city	la città	la cheet-tA
to clap	applaudire	ap-plowdEErey
classroom	l'aula (f)	l'OWla
claw	l'artiglio (m)	l'artEElyo
clean	pulito(a)	poolEEto(a)
to clean your teeth	lavarsi i denti	lavArsee ee dAIntee
climate	il clima	eel klEEma
to climb	salire	salEErey
to climb (mountain climbing)	scalare	scalArey
to climb a tree	arrampicarsi su un albero	ar-rampeekArsee soo oon Albero
climber	l'alpinista (m,f)	l'alpeenEEsta
cloakroom	il guardaroba	eel gWArdarOba
clock	l'orologio (m)	l'orolOjo
alarm clock	la sveglia	la zvElya
to close	chiudere	kyOOderey
closed	chiuso(a)	kyOOso(a)
clothing	i vestiti	ee vestEEtee
clothes	abbigliamento	ab-beelyamEnto
clothes peg	la molletta da bucato	la mol-lEt-ta da bookAto
cloud	la nuvola	la nOOvola
coach	il pullman	eel pOOlman
coat	il cappotto	eel kap-pOt-to
cock	il gallo	eel gAl-lo
coffee	il caffè	eel caf-fAl
coffee-pot	la caffettiera	la kaf-fet-tyAlra
coin	la moneta	la monEta
cold	freddo	frEd-do
It's cold.	Fa freddo.	fa frEd-do
cold water	l'acqua (f) fredda	l'Ak-kwa frEd-da
to have a cold	avere un raffreddore	avErey oon raf-fred-dOrey
to collect	collezionare	kol-letzyonArey
to collect stamps	collezionare francobolli	kol-letzyonArey frankobOl-lee
collection	la collezione	la kol-letzyOney
collection times (post)	la levata delle lettere	a levAta dEl-ley lAlt-terey
collision	l'incidente (m)	l'eenchidAlntey
colour	il colore	eel kolOrey
comb	il pettine	eel pAltteeney
to comb your hair	pettinarsi	pet-teenArsee
comic (book)	i fumetti	ee foomEt-tee
complexion	il colorito	eel kolorEEto
computer	il computer	eel komputer
computer studies	l'informatica (f)	l'eenformAteeka
conductor (orchestra)	il direttore d'orchestra	eel deeret-tOrey d'orkAlstra
cone	il cono	eel kOno
to congratulate	fare gli auguri	fArey ly owgOOree
continent	il continente	eel konteenAlntey
to cook	cucinare, cuocere	koocheenArey, kwOcherey
corner	l'angolo (m)	l'Angolo
to cost	costare	kostArey
It costs...	Costa...	kOsta
costume	il costume	eel kostOOmey
cot	la culla	la kOOl-la
cottage	la casa di campagna	la kAsa dee kampAnya
cotton, made of cotton	di cotone	dee kotOney
counter	il banco	eel bAnko
country	il paese	eel paEsey
countryside	la campagna	la KampAnya
cousin (m)	il cugino	eel koojEEno
cousin (f)	la cugina	la koojEEna
cow	la vacca	la vAk-ka
cowshed	la stalla	la stAl-la
crab	il granchio	eel grAnkyo
to crawl, to do the crawl	nuotare a stile libero	nwotArey astEElley lEEbairo
crayon	la matita colorata	la matEEta kolorAta
cream	la crema	la krAlma
cream cake	la torta alla panna	la tOrta al-pa pAn-na
crew	l'equipaggio (m)	l'ekwypAj-jo
cross, angry	arrabbiato(a)	ar-rabbyAto(a)
to cross the street	attraversare la strada	at-traversArey la strAda
crossing (sea)	la traversata	la traversAta
crowd	la folla	la fOl-la
to cry	piangere	pyAngerey
cup	la tazza	la tAtz-za
cupboard	la credenza	la kredAlntza
to cure	guarire	gwarEErey
curly	ricciuto(a)	reec-chOOto(a)
curly hair	i capelli ricci	ee kapEl-lee rEEc-chee
curtain	la tenda	la tAlnda
customer	il/la cliente	eel/la klyAlntey
customs	la dogana	la dogAna
customs officer	il doganiere	eel doganyAlrey
cut (wound)	la ferita	la ferEEta

D

English	Italian	Pronunciation
daffodil	il trombone	eel trombOney
daisy	la margherita	la margerEEta
to dance	ballare	bal-lArey
dance floor	la pista da ballo	la pEEsta da bAl-lo
dark	buio	bOOyo
dark (colour, complexion)	scuro(a)	skOOro(a)
It is dark.	È buio.	Al bOOyo
It is getting dark.	Si fa buio.	see fa bOOyo

date	la data	la dAta
daughter	la figlia	la fEElya
dawn	l'alba (f)	l'Alba
day, daytime, in the daytime	il giorno	eel jOrno
the day after tomorrow	dopodomani	dopodomAnee
the day before yesterday	l'altro ieri	l'altroyAlree
Dear....	Caro(a)...	kAro(a)
Dear Sir/Madam	Egregi Signori	egrAlgee seenyOree
death	la morte	la mOrtey
December	dicembre	deechAlmbrey
deck	la coperta	la kopAlrta
deep	profondo(a)	profOndo(a)
delicatessen	la salumeria	la saloomerEEa
delicious	squisito (a)	skwysEEto
to deliver	distribuire	deestreebooYrey
democratic	democratico(a)	demokrAteeko(a)
dentist	il/la dentista	eel/la dentEEsta
department (in shop)	il reparto	eel repArto
department store	il grande magazzino	eel grande magatzEEno
Departures	Partenze	partAlntzey
desert	il deserto	eel desAlrto
designer (m)	il disegnatore	eel deesenyatOrey
designer (f)	la disegnatrice	la deesenyatrEEchey
dessert, pudding	il dolce	eel dOlchey
to dial the number	comporre il numero	kompOr-rey eel nOOmero
diary	l'agenda (f)	l'ajAlnda
to die	morire	morEErey
different	differente	deef-fairEntey
difficult	difficile	deef-fEEcheeley
to dig	scavare	scavArey
dining room	la sala da pranzo	la sAla da prAntzo
dinner	la cena	la cEna
dirty	sporco(a)	spOrko(a)
disc-jockey	il disc-jockey	eel deeskjokey
district	il quartiere	eel kwartyAlrey
to dive	tuffarsi	toof-fArsee
to divide	dividere	deevEEderey
divided by (maths)	diviso per	deevEEso per
diving board	il trampolino	eel trampolEEno
to do	fare	fArey
to do back-stroke	nuotare sulla schiena	nwotArey sool-la skyAlna
to do breast-stroke	nuotare a rana	nwotArey a rAna
to do the gardening	fare il giardinaggio	fArey eel jardeenAj-jo
to do the shopping	fare la spesa	fArey la spEsa
docks, quay	il bacino	eel bacEEno
doctor (m)	il dottore	eel dot-tOrey
doctor (f)	la dottoressa	la dot-torEs-sa
dog	il cane	eel kAney
do-it-yourself	il fai da te	eel fy da tEy
donkey	l'asino (m)	l'Azeeno
door	la porta	la pOrta
front door	il portone	eel portOney
doorbell	il campanello	eel kampanAll-lo
doormat	lo zerbino	lo tzerbEEno
double room	la camera doppia	la kamEra dOp-pya
doughnut	il bombolone	eel bombolOney
down	giù	jOO
downstairs	giù	jOO
to go downstairs	andare giù	andArey jOO
dragonfly	la libellula	la leebAll-loola
to play draughts	giocare a dama	jokArey a dAma

English	Italian	Pronunciation
to dream	sognare	sonyArey
dress	il vestito	eel vestEEto
to get dressed	vestirsi	vestEErsee
dressing gown	la vestaglia	la vestAlya
to drink	bere	bErey
to drive	guidare	gweedArey
driver	l'autista (m)	l'owtEEsta
to drop	far cadere	fAr cadErey
drums	la batteria	la bat-terEEa
to play the drums	suonare la batteria	swonArey la bat-terEEa
to dry	asciugare	ashoogArey
to dry your hair	asciugarsi i capelli	ashoogArsee ee kapEl-lee
to dry yourself	asciugarsi	ashoogArsee
duck	l'anatra (f)	l'Anatra
dull	spento(a)	spAlnto(a)
dungarees	la salopette	la salopAlt-tey
dustman	lo spazzino	lo spatzEEno
duty-free shop	il duty-free shop	eel duty free shop
duvet	il piumino	eel pyoomEEno

E

English	Italian	Pronunciation
eagle	l'aquila (f)	l'Akwyla
ear	l'orecchio (m)	l'orEkkyo
earring	l'orecchino (m)	l'orek-kEEno
east	l'est (m)	l'Alst
Easter	la Pasqua	la pAskwa
easy	semplice	sEmpleechey
to eat	mangiare	manjArey
to have eaten well	avere mangiato bene	avErey manjAto bAlney
egg	l'uovo (m)	l'wOvo
eight	otto	Ot-to
8 in the morning, 8 a.m.	le otto di mattina	ley Ot-to dee mat-tEEna
8 in the evening, 8 p.m.	le otto di sera	ley Ot-to dee sEra
eighteen	diciotto	deechOt-to
eighty	ottanta	ot-tAnta
elbow	il gomito	eel gOmeeto
election	l'elezione (f)	l'elezyOney
electricity	la corrente	la kor-rEntey
elephant	l'elefante (m)	l'elefAntey
eleven	undici	oondEEchee
emergency	l'emergenza (f)	l'emairjAlnza
to employ someone	impiegare qualcuno	impyegArey kwalkOOno
employee	l'impiegato(a)	l'eempyegAto(a)
empty	vuoto(a)	vwOto(a)
to empty	vuotare	vwotArey
Encore!	Bis!	bEEs
to get engaged	fidanzarsi	feedantzArsee
engine (car)	il motore	eel motOrey
engine (train)	la locomotiva	la lokomotEEva
English (language, subject)	l'inglese (m)	l'eenglEsey
Enjoy your meal!	Buon appetito!	bwOn appetEEto
to enjoy yourself	divertirsi	deevertEErsee
enormous	enorme	enOrmey
entrance	l'ingresso (m)	l'eengrAls-so
no entry (road sign)	divieto d'accesso	deevyAlto d'achEsso
envelope	la busta	la bOOsta
equator	l'equatore (m)	l'ekwatOrey
escalator	la scala mobile	la skAla mObeeley
Europe	l'Europa (f)	l'eoorOpa

evening, in the evening	la sera	la sEra
this evening	stasera	stasEra
8 in the evening	le otto di sera	ley Ot-to dee sEra
exam	l'esame (m)	l'esAmey
to fail (an exam)	essere bocciato (a)	Ais-serey bochAto(a)
to pass an exam	superare un esame	sooperArey oon esAmey
to sit an exam	fare un esame	fArey oon esAmey
exchange rate	il corso dei cambi	eel kOrso dAlee kAmbee
to exercise	allenarsi	al-lenArsee
exercise book	il quaderno	eel kwadAIrno
exhibition	l'esposizione (f)	l'esposeezyOney
exit	l'uscita (f)	l'ooshEEta
expensive	caro(a)	kAro(a)
It's expensive.	È caro(a).	Al kAro(a)
eye	l'occhio (m)	l'Ok-kyo

F

fabric	il tessuto	eel tes-sOOto
face	il viso	eel vEEso
factory	la fabbrica	la fAb-breeka
to fail (an exam)	bocciare	boc-chArey
to faint	svenire	zvenEErey
fair (complexion)	chiaro(a)	kyAro(a)
to fall asleep	addormentarsi	ad-dormentArsee
false	falso(a)	fAlso(a)
family	la famiglia	la famEElya
famous	famoso(a)	famOso(a)
far	lontano	lontAno
far away from	lontano da	lontAno da
fare	il prezzo della corsa	eel prAItzo dEl-la kOrsa
farm	la fattoria	la fat-torEEa
farmer (m)	il contadino	eel kontadEEno
farmer (f)	la contadina	la kontadEEna
farmhouse	la casa colonica	la kAsa kolOneeka
farmyard	il cortile	eel kortEEley
fashionable	alla moda	al-la mOda
fast	veloce	velOchey
Please fasten your seatbelts	Vi prego di allacciare le cinture	vee prAIgo dee al-lachArey ley cheentOOrey
fat	grasso(a)	grAs-so(a)
father	il padre	eel pAdrey
feather	la penna	la pEn-na
February	febbraio	feb-brAyo
to feed	dare da mangiare a	dArey da manjArey a
to feel better	sentirsi meglio	sentEErsee mAllyo
to feel ill	sentirsi male	sentEErsee mAley
ferry	il traghetto	eel traghEt-to
to fetch	riportare	reeportArey
field	il campo	eel kAmpo
fifteen	quindici	kwYndeechee
the fifth (for dates only)	il cinque	eel chEEnqway
fifty	cinquanta	cheenkwAnta
to fill	riempire	ryempEErey
to fill up with petrol	fare il pieno di benzina	fAray eel pyAIno dee bentzEEna
to have a filling (in a tooth)	farsi otturare un dente	fArsee ot-toorArey oon dAIntey
film (for camera)	la pellicola	la pel-lEEkola
film (at cinema)	il film	eel fEElm
It's fine.	Fa bel tempo.	fa bAIl tAImpo
finger	il dito	eel deeto

fire	il fuoco	eel fwOko
fire engine	il camion dei pompieri	eel kAmyon dey pompyAIree
to fire someone	licenziare qualcuno	leechenzyArey kwalkOOno
fire station	la caserma dei pompieri	la kasAIrma dEy pompyAIree
fireman	il pompiere	eel pompyAIrey
fireplace	il caminetto	eel kameenEt-to
the first	il primo	eel prEEmo
first class	la prima classe	la prEEma klAs-sey
first floor	il primo piano	eel prEEmo pyAno
fir tree	l'abete (m)	l'abAItey
fish	il pesce	eel pEshey
to go fishing	andare a pescare	andArey a peskArey
fishing boat	la barca da pesca	la bArka da pEska
fishing rod	la canna da pesca	la kAn-na da pEska
fishmonger	la pescheria	la peskerEEa
to be fit	essere in forma	Ais-serey een fOrma
fitted carpet	la moquette	la mokAIt
five	cinque	chEEnkwey
five past ten	le dieci e cinque	ley dyAIchee ey chEEnkwey
flag	la bandiera	la bandyAIra
flannel	il guanto da bagno	eel gwAnto da bAnyo
flat	l'appartamento (m)	l'ap-partamEnto
block of flats	il caseggiato	eel kasej-jAto
flat tyre	il pneumatico a terra	eel pne-oomAteeko a tAIr-ra
flavour, taste	il sapore	eel sapOrey
to float	galleggiare	gal-laijArey
flock (of sheep)	il gregge	eel grEj-jey
flood	l'inondazione (f)	l'eenondazyOney
floor	il pavimento	eel paveemEnto
first floor	il primo piano	eel prEEmo pyAno
ground floor	il pianterreno	eel pyanter-rEno
second floor	il secondo piano	eel sekOndo pyAno
florist	il negozio di fiori	eel negOzyo dee fyOree
flour	la farina	la farEEna
flower	il fiore	eel fyOrey
bunch of flowers	il mazzo di fiori	eel matz-zo dee fyOrey
flowerbed	l'aiola (f)	l'ayOla
flowered	a fiori	a fYOree
fly	la mosca	la mOsKa
to fly	volare	volArey
fog	la nebbia	la nEb-bya
It's foggy.	C'è nebbia.	chAI nEb-bya
to follow	seguire	segwYrey
to be fond of	voler bene a	volEr bAlney a
foot	il piede	eel pyAIdey
football, ball	il pallone	eel pal-lOney
to play football	giocare a calcio	jokAray a kAlcho
forget-me-not	il nontiscordardimé	il non-ti-scordar-di-me
fork (table)	la forchetta	la forkEt-ta
fork (for gardening)	il forcone	eel forkOney
form	il modulo	eel mOdoolo
forty	quaranta	kwarAnta
forwards	in avanti	een avAnti
foundation (cream)	il fondotinta	eel fondotEEnta
four	quattro	qwAt-tro
the fourth (for dates only)	il quattro	eel qwAt-tro
fourteen	quattordici	qwat-tOrdeechee
fox	la volpe	la vOlpey
fraction	la frazione	la frazyOney
France	la Francia	la frAncha

freckles	le lentiggini	ley lentEEj-jeenee
French (language, subject)	il francese	eel franchEsey
fresh	fresco(a)	frEsko(a)
Friday	venerdì	venerdEE
fridge	il frigorifero	eel freegorEEfero
friend	l'amico(a)	l'amEEko(a)
friendly	simpatico(a)	seempAteeko(a)
frightened	spaventato(a)	spaventAto(a)
fringe	la frangia	la frAnja
frog	la rana	la rAna
frost	il gelo	eel jElo
to frown	aggrottare le sopracciglia	ag-grot-t-Arey ley soprac-chEElya
frozen food	i prodotti surgelati	ee prodOt-tee soorjelAtee
to be frozen	essere gelato(a)	Als-serey jelAto(a)
fruit	la frutta	la frOOt-ta
fruit juice	il succo di frutta	eel sOOk-ko dee frOOt-ta
fruit tart	il dolce di frutta	eel dOlchey dee frOOta
full	pieno(a)	pyAlno(a)
full stop	il punto	eel pOOnto
fully booked, booked up	essere completo(a)	Als-serey komplAlto (a)
to have fun	divertirsi	deevertEErsee
funeral	il funerale	eel foonerAley
funnel (ship)	il fumaiolo	eel foomaYOlo
funny	buffo(a)	bOOf-fo(a)
fur	il pelo	eel pElo
furniture	i mobili	ee mObeelee
future	il futuro	eel footOOro
in the future	nel futuro	nel footOOro

G

art gallery	la galleria d'arte	la gal-lerEEa d'Artey
game	il gioco	eel jOko
gangway	la passerella	la pas-serAll-la
garage	il garage	eel garAj
garden	il giardino	eel jardEEno
garden shed	il casotto degli attrezzi	eel kazOt-to dEly at-trEtzee
gardener (m)	il giardiniere	eel jardeenyAlrey
to do the gardening	fare il giardinaggio	fArey eel jardeenAj-jo
garlic	l'aglio (m)	l'Alyo
gas	il gas	eel gAs
gate	il cancello	eel kanchEl-lo
to gather speed	accelerare	achailerArey
generous	generoso (a)	jenerOso (a)
geography	la geografia	la je-ografEEa
geranium	il geranio	eel gerAnee-o
German (language, subject)	il tedesco	eel tedEsko
Germany	la Germania	la jermAnya
to get dressed	vestirsi	vestEErsee
to get engaged	fidanzarsi	feedantzArsee
to get married	sposarsi	sposArsee
to get off (bus or train)	scendere	shEnderey
to get on (bus or train)	salire	salEErey
to get undressed	svestirsi	zvestEErsee
to get up	alzarsi	altzArsee
giraffe	la giraffa	la jirAf-fa
girl	la ragazza	la ragAtz-za
to give	dare	dArey

to give (a present)	regalare	regalArey
glass (drinking)	il bicchiere	eel beek-kyAlrey
glasses, spectacles	gli occhiali	ly ok-kyAlee
sunglasses	gli occhiali da sole	ly ok-kyAlee da sOley
to wear glasses	portare gli occhiali	portArey ly ok-kyAlee
gloves	i guanti	ee gwAntee
to go	andare	andArey
to go to bed	coricarsi	koreekArsee
to go to the cinema	andare al cinema	andArey al chEEnema
to go to a discothèque	andare a ballare	andArey a bal-lArey
to go downstairs	andare giù	andArey jOO
to go fishing	andare a pesca	andArey a pEska
to go on holiday	andare in vacanza	andArey een vakAntza
to go mountaineering	fare alpinismo	fArey alpeenEEsmo
to go upstairs	andare su	andArey sOO
to go for a walk	fare una passeggiata	fArey oona pas-se-jAta
to go window-shopping	passeggiare guardando le vetrine	pas-sej-jArey gwardAndo ley vetrEEney
to go to work	andare al lavoro	andArey al lavOro
goal	il goal	eel gOl
goalkeeper	il portiere	eel portyAlrey
goat	la capra	la kApra
gold	l'oro (m)	l'Oro
made of gold	d'oro	d'Oro
goldfish	il pesce rosso	eel pEshey rOs-so
golf club	la mazza da golf	la mAtz-za da golf
to play golf	giocare a golf	jokArey a gOlf
good	buono(a)	bwOno(a)
Good luck!	Tanti auguri!	tAntee owgOOree
Good morning!	Buon giorno!	bwonjOrno
It's good value.	È a buon mercato.	Al a bwOn merkAto
It tastes good.	È buono.	Al bwOno
Goodbye!	Arrivederci!	ar-reevedErchee
Goodbye! (telephone))	a dopo!	a dOpo
Goodnight!	Buonanotte!	bwonanOt-tey
goods train	il treno merci	eel traino mAlrchee
goose	l'oca (f)	l'Oka
gorilla	il gorilla	eel gorEEl-la
government	il governo	eel govAlrno
grammar	la grammatica	la gram-mAteeka
granddaughter	la nipote	la neepOtey
grandmother	la nonna	la nOn-na
grandfather	il nonno	eel nOn-no
grandson	il nipote	eel nipOtey
grape	l'uva (f)	l'OOva
grass	l'erba (f)	l'Alrba
Great Britain	la Gran Bretagna	la grAn bretAnya
green	verde	vErdey
greenhouse	la serra	la sAlr-ra
grey	grigio(a)	grEEjo(a)
grocery shop	il negozio di alimentari	eel negOtzeeo dee aleementAree
ground floor	il pianterreno	eel pyanter-rEno
to growl	ringhiare	reenghyArey
guard (train)	il capotreno	eel capo-trAlno
guest	l'invitato(a)	l'eenveetAto(a)
guest house, boarding house	la pensione	la pensyOney
guinea pig	il porcellino d'India	eel porchel-lEEno d'EEndya
guitar	la chitarra	la keetAr-ra
to play the guitar	suonare la chitarra	swonArey la kitAr-ra
gymnastics	la ginnastica	la jin-nAsteeka

H

haberdasher's	la merceria	la mercherEEa
hail	la grandine	la grAndeeney
to hail a taxi	chiamare un tassì	kyamArey oon tas-sEE
hair	i capelli	ee kapEl-lee
hairdresser(m)	il parrucchiere	eel par-rook-kyAlrey
hairdresser(f)	la parrucchiera	la par-rook-kyAIra
hairdrier	l'asciugacapelli (m)	l'ashOOga-kapEl-lee
a half	la metà	la maitA
half a kilo	mezzo chilo	mAltz-zo kEElo
half a litre	mezzo litro	mAltz-zo lEEtro
half past ten	le dieci e mezza	ley dyAlchee ey mEtz-za
ham	il prosciutto	eel proshOOt-to
hammer	il martello	eel martAll-lo
hamster	il criceto	el creecEto
hand	la mano	la mAno
handbag	la borsa	la bOrsa
hand luggage	il bagaglio a mano	eel bagAlyio a mAno
handsome	bello(a)	bEl-lo(a)
to hang on	tenersi	tenAlrsee
to hang up (telephone)	riattaccare	ryat-tak-kArey
happy (m,f)	felice	felEEchey
to be happy	essere felice	Als-serey felEEchey
Happy Birthday	Tanti auguri di buon compleanno!	tAntee owgOOree dee bwOn kompley-An-no
Happy New Year!	Buon anno!	bwOn Anno
hard	duro(a)	dOOro(a)
hardworking	diligente	deeleedjAIntey
to harvest	fare la raccolta	fArey la rak-kOlta
hat	il cappello	eel kap-pAll-lo
Have you any small change?	Ha spiccioli?	A spEEc-cholee
to have	avere	avErey
to have a bath	fare il bagno	fArey eel bAnyo
to have a breakdown	avere un guasto al motore	avErey oon gwAsto al motOrey
to have a cold	avere un raffreddore	avErey oon raf-fred-dOrey
to have (...) colour hair	avere i capelli (..)	avErey ee kapEl-lee (...)
to have a filling	farsi otturare un dente	fArsee ot-toorArey oon dAIntey
to have a flat tyre	avere un pneumatico a terra	avEray oon pne-oomAteeko a tEr-ra
to have fun	divertirsi	deevertEErsee
to have a shower	fare la doccia	fArey la dOc-cha
to have stomach-ache	avere mal di stomaco	avErey mAl dee stOmako
to have a temperature	avere la febbre	avErey la fAlb-brey
to have toothache	avere mal di denti	avErey mAl dee dAIntee
hay	il fieno	eel fyAIno
haystack	il pagliaio	eel palyAyo
head	la testa	la tAlsta
to have a headache	avere mal di testa	avErey mAl dee tAlsta
headband	la fascia	la fAshya
headlight	il faro	eel fAro
headline	il titolo	eel tEEtolo
headmaster	il direttore	eel deeret-tOrey
headmistress	la direttrice	la deeret-trEEchey
headphones	la cuffia	la kOOf-fya
healthy	sano(a)	sAno(a)
heavy	pesante (m,f)	pesAntey

to be heavy	essere pesante	Als-serey pesAntey
hedgehog	il riccio	eel rEEc-cho
heel	il tallone	eel tal-lOney
height	l'altezza (f)	l'altEtz-za
Hello	Buon giorno!	bwon jOrno
Hello (on telephone)	Pronto	prOnto
to help	aiutare	ayootArey
Help yourselves!	Servitevi!	servEEtaivee
Can I help you?	Cosa desidera?	kOsa desEEdera
hen	la gallina	la gal-lEEna
henhouse	il pollaio	eel pol-lAyo
herbs	le erbe	le Erbey
hero, heroine	il/la protagonista	eel/la protagonEEsta
to hide	nascondere	naskOnderey
to hide oneself	nascondersi	naskOndersee
hill	la collina	la kol-lEEna
hippopotamus	l'ippopotamo (m)	l'eep-popOtamo
His/her name is...	Si chiama...	see kyAma
history	la storia	la stOrya
hold (ship's)	la stiva	la stEEva
to hold	tenere	tenErey
holiday	la vacanza	la vakAntza
to go on holiday	andare in vacanza	andArey een vakAntza
hook (for fishing)	l'amo (m)	l'Amo
honey	il miele	eel myAlley
honeymoon	la luna di miele	la lOOna dee myAlley
horn	il clacson	eel klAxon
horse	il cavallo	eel kavAl-lo
horse racing	la corsa di cavalli	la kOrsa dee kavAl-lee
hospital	l'ospedale (m)	l'ospedAley
hot	caldo(a)	kAldo(a)
hot water	l'acqua calda (f)	l'Akkwa kAlda
I'm hot	ho caldo	O kAldo
hotel	l'albergo (m)	l'albArgo
to stay in a hotel	stare in albergo	stArey een albArgo
hour	l'ora (f)	l'Ora
house	la casa	la kAsa
How are you?	Come va?	kOmay va
How much...?	Quanto...?	kwAnto
How much is that?	Quanto fa?	kwAnto fA
How much is...?	Quanto costa...?	kwAnto kOsta
How old are you?	Quanti anni hai?	kwAntee An-nee Aee
hump	la gobba	la gOb-ba
a hundred	cento	chAInto
to be hungry	avere fame	avErey fAmey
to hurry	aver fretta	avEr frEt-ta
husband	il marito	eel marEEto

I

I agree.	D'accordo.	d'ak-kOrdo
I am sending (...) separately	ti invio con plico separato	tee eenvYo kon plEEko separAto
I enclose...	Allego...	al-lEgo
I'll call you back	ti richiamo più tardi	tee reekyAmo pyOO tArdee
I would like...	Vorrei...	vor-rAly
I'm at home.	Sono a casa.	sono a kAsa
I'm nineteen	Ho diciannove anni	O deechan-nOvey An-nee
ice-cream	il gelato	eel jelAto
icicle	il ghiacciolo	eel ghyAc-cholo
ill	malato(a)	malAto(a)
to feel ill	sentirsi male	sentEErsee mAley
important	importante	eemportAntey
in (for sport)	dentro	dEntro
in	in	een

in focus	a fuoco	a fwOko
in front of	davanti a	davAntee a
in the future	in futuro	een footOOro
India	l'India (f)	l'EEndya
indicator	il lampeggiatore	eel lampej-jatOrey
ingredient	l'ingrediente (m)	l'eengredyAIntey
injection	l'iniezione (f)	l'eenyetzyOney
instrument	lo strumento	lo stroomEnto
inter-city train	il treno rapido	eel trAIno rApeedo
interesting	interessante	eenteres-sAntey
to interview	intervistare	eenterveestArey
into	in	een
to introduce	presentare	presentArey
to invite	invitare	eenveetArey
to iron	stirare	steerArey
Is it far to?	È distante?	ai deestAntey
Is service included?	servizio compreso?	servEEtzyo komprEso
It costs...	Costa....	kOsta
It is getting light.	Si fa giorno.	see fA jOrno
It is light.	Si è fatto giorno.	see AI fAt-to jOrno
It is 1 o'clock.	È l'una.	AI l'OOna
It is 3 o'clock.	Sono le tre.	sOno ley trEY
It's... (on the phone)	Sono....	sOno
It's cold.	Fa freddo.	fA frEd-do
It's expensive.	È caro.	AI kAro
It's fine.	Fa bel tempo.	fA bAII tAImpo
It's foggy.	C'è nebbia.	chAI nEb-bya
It's good value.	È a buon mercato.	AI a bwOn merkAto
It's raining.	Piove.	pyOvey
It's ready.	a tavola!	a tAvola!
It's really lovely here.	È molto bello qui.	ey mOto bEl-lo kwee
It's snowing.	Nevica.	nEveeka
It's windy.	C'è vento.	chAI vEnto
It was lovely to hear from you.	La tua lettera mi ha fatto molto piacere.	la tOO-a lAIt-tera mee a fAt-to mOlto pyachErey
Italian	l'italiano	l'eetalyAno
Italy	l'Italia (f)	l'eetAlya

J

jacket	la giacca	la jAk-ka
jam	la marmellata	la marmel-lAta
January	gennaio	jen-nAyo
Japan	il Giappone	eel jap-pOney
jeans	i jeans	ee jeens
jewellery	i gioielli	ee joyAII-lee
job, profession	la professione	la profes-syOney
to jog	praticare il jogging	prateekArey eel jogging
journalist	il/la giornalista	eel/la jornalEEsta
judge	il giudice	eel jOOdeechey
juice	il succo	eel sOOk-ko
fruit juice	il succo di frutta	eel sOOk-ko dee frOOt-ta
jug	la brocca	la brOk-ka
July	luglio	lOOlyo
jumper	il pullover	eel pool-lOver
June	giugno	jOOnyo
jungle	la giungla	la jOOngla

K

| kangaroo | il canguro | eel kangOOro |
| to keep an eye on | sorvegliare | sorvelyArey |

to keep fit	tenersi in forma	tenAirsee een fOrma
kennel	la cuccia	la kOOc-cha
key	la chiave	la kyAvey
keyboard	la tastiera	la tastyAIra
kilo	il chilo	eel kEElo
A kilo of...	Un chilo di...	oon kEElo dee
Half a kilo of...	Mezzo chilo di....	mEtz-zo kEElo dee
to kiss	dare un bacino	dArey oon bachEEno
kitchen	la cucina	la koochEEna
kitten	il gattino	eel gat-tEEno
knee	il ginocchio	eel jeenOk-kyo
to kneel down	inginocchiarsi	eenjeenok-kyArsee
to be kneeling	stare in ginocchio	stArey een jeenOk-kyo
knickers	le mutandine	ley mootandEEney
knife	il coltello	eel koltAII-lo
to knit	lavorare a maglia	lavorArey a mAlya
knitting needles	i ferri da calza	ee fAIr-ree da kAItsa
to knock over	rovesciare	roveshArey

L

label	l'etichetta (f)	l'eteekEt-ta
ladder	la scala	la skAla
lake	il lago	eel lAgo
lamb	l'agnello (m)	l'anyAII-lo
lamp	la lampada	la lAmpada
to land	atterrare	at-ter-rArey
landlady	la proprietaria	la propreeyetArya
landlord	il proprietario	eel propryetAryo
language	la lingua	la lEEngwa
landscape	il paesaggio	eel pa-esAj-jo
large	grande (m,f)	grAndey
last	ultimo(a)	OOlteemo(a)
to be late	essere in ritardo	AIs-serey een reetArdo
to laugh	ridere	rEEderey
to burst out laughing	scoppiare in una risata	skoppyArey een oona reesata
lawn	il prato	eel prAto
lawnmower	la tosatrice	la tosatrEEchey
lawyer (m)	l'avvocato	l'av-vokAto
lawyer (f)	l'avvocatessa	l'av-vokatEs-sa
to lay eggs	deporre le uova	depOr-rey ley wOva
to lay the table	apparecchiare la tavola	ap-parek-kyArey la tAvola
lazy	pigro(a)	pEEgro(a)
leaf	la foglia	la fOlya
to lean out	sporgersi	spOrjersee
to lean on	appoggiarsi	ap-poj-jArsee
to learn	imparare	eemparArey
left luggage office	il deposito bagagli	eel depOseeto bagAly
on the left	a sinistra	a seenEEstra
the left side	la parte sinistra	la pArtey seenEEstra
left wing	la sinistra	la seenEEstra
leg	la gamba	la gAmba
leg of lamb	il cosciotto d'agnello	eel koshOt-to d'anyAII-lo
lemon	il limone	eel leemOney
length	la lunghezza	la loonghEtz-za
lentils	le lenticchie	ley lentEEkyey
lesson	la lezione	la letzyOney
letter	la lettera	la lAIt-tera
letter (of alphabet)	la lettera	la lAIt-tera
letter box	la cassetta della posta	la kas-sEt-ta dEl-la pOsta
library	la biblioteca	la beeblyotAIka

to lie down	sdraiarsi	sdrayArsee
	essere disteso(a)	Als-serey deestAlso(a)
life	la vita	la vEEta
lifeguard	il bagnino	eel banyEEno
lift (elevator)	l'ascensore (m)	l'ashensOrey
light (weight)	leggero (a)	lej-jAIro (a)
to be light (weight)	essere leggero(a)	Als-serey lej-jAIro(a)
light	la luce	la lOOchey
It is light.	Si è fatto giorno.	see Al fAt-to jOrno
It is getting light.	Si fa giorno.	see fA jOrno
lightning	il lampo	eel lAmpo
to like	piacere	peeyachAIrey
liner	la nave passeggeri	la nAvey pas-sej-jAIree
lilac	lilla	lEEl-la
lion	il leone	eel le-Oney
lip	il labbro	eel lAb-bro
lipstick	il rossetto	eel ros-sEt-to
list	la lista	la lEEsta
to make a list	fare una lista	fArey oona lEEsta
to listen	ascoltare	askoltArey
to listen to music	ascoltare la musica	askoltArey la mOOseeka
to listen to the radio	ascoltare la radio	askoltArey la rAdyo
litre	un litro	oon lEEtro
half a litre	mezzo litro	mAltz-zo lEEtro
bin	il secchio della	eel sEk-kyo dEl-la
	spazzatura	spatz-zatOOra
litter bin	il cestino	eel chaistEEno
to live	vivere	vEEverey
to live in a house	abitare in una casa	abeetArey een oona kAsa
lively	vivace	veevAchey
living room	il soggiorno	eel soj-jOrno
to load	caricare	kareekArey
long	lungo(a)	lOOngo(a)
to look at	guardare	gwardArey
to look for	cercare	cherkArey
loose	largo(a)	lArgo(a)
lorry	l'autocarro (m)	l'owtokAr-ro
lorry driver	il camionista	eel kamyonEEsta
to lose	perdere	pAIrderey
loudspeaker	l'altoparlante (m)	l'AltoparlAntey
love from... (end (of letter)	Tanti baci	tAntee bAchee
to love	amare	amArey
lovely, beautiful	bello(a)	bAll-lo(a)
luck	fortuna	fortOOna
Good Luck	Tanti auguri!	tAntee awgOOree
luggage-rack	la rete portabagagli	la rEtey portabagAlyee
lullaby	la ninnananna	la neen-nanAn-na
lunch	il pranzo	eel prAntzo
lunch hour	l'ora di pranzo	l'Ora dee prAntzo
to be lying down	essere disteso(a)	Als-serey deestAlso (a)

M

made of metal	di metallo	dee metAl-lo
made of plastic	di plastica	dee plAsteeka
magazine	la rivista	la reevEEsta
mail	la posta	la pOsta
airmail	posta aerea	pOsta a-AIrea
main course	il piatto principale	eel pyAt-to preencheepAley
main road	la strada maestra	la strAda mayEstra
to make	fare	fArey
to make a list	fare una lista	fArey oona lEEsta

to make a telephone call	telefonare, fare una telefonata	telefonArey, fArey oona telefonAta
to put on make up	truccarsi	trook-kArsee
man	l'uomo (m)	l'wOmo
to manufacture	costruire	kostrooEErey
map	la carta	la kArta
	la piantina	la pyantEEna
March	marzo	mArtzo
margarine	la margarina	la margAreena
market	il mercato	eel merkAto
market stall	il banco di vendita	eel bAnko dee vEndeeta
marriage	il matrimonio	eel matreemOnyo
to get married	sposarsi	sposArsee
mascara	il mascara	eel maskAra
maths	la matematica	la matemAteeka
May	maggio	mAj-jo
meadow	il prato	eel prAto
to measure	misurare	meezoorArey
meat	la carne	la kArne
meat (roast)	l'arrosto (m)	l'ar-rOsto
mechanic	il meccanico	eel mek-kAneeko
the media	i mass-media	ee mass-mAIdya
medium (clothes size)	medio(a)	mAIdyo(a)
to meet	incontrare	eenkontrArey
melon	il melone	eel melOney
member	il membro	eel mAImbro
member of parliament	il deputato	eel depootAto
member of parliament (f)	la deputata	la depootAta
to mend	riparare	reeparArey
to mend (clothing)	rattoppare	rat-top-pArey
menu	il menù	eel menOO
metal	il metallo	eel metAl-lo
metre	il metro	eel mAltro
to mew	miagolare	myagolArey
midday	mezzogiorno	metz-zojOrno
midnight	mezzanotte	metz-zanOt-tey
milk	il latte	eel lAt-tey
to milk	mungere	mOOnjerey
Milky Way	la via lattea	la vYa lAt-teya
a million	un milione	oon meelyOney
mineral water	l'acqua (f) minerale	l'Akwa meenairAley
minus	meno	mEno
minute	il minuto	eel minOOto
mirror	lo specchio	lo spAlk-kyo
miserable	di malumore	de maloomOrey
to miss the train	perdere il treno	pAIrderey eel trAlno
to mix	mescolare	meskolArey
model (m)	il modello	eel modAll-lo
model (f)	la modella	la modAll-la
mole	la talpa	la tAlpa
Monday	lunedì	loonedEE
money	il soldi	ee sOldee
to change money	cambiare dei soldi	kambyArey dey sOldee
to take money out	ritirare dei soldi	reeteerArey dey sOldee
monkey	la scimmia	la shEEm-mya
month	il mese	eel mEsey
moon	la luna	la lOOna
moped	il ciclomotore	eel cheeklomotOrey
morning, in the morning	la mattina	la mat-tEEna
8 in the morning, 8 a.m.	le otto di mattina	ley ot-to-dee mat-tEEna
this morning	stamattina	stamat-tEEna

mosquito	la zanzara	la tzantzAra
mother	la madre	la mAdrey
motor racing	la gara automobilistica	la gAra owtomobilEEsteeka
motorbike	la motocicletta	la motocheekAit-ta
motorway	l'autostrada (f)	l'awtostrAda
mountain	la montagna	la montAnya
mountaineering	l'alpinismo	l'alpeenEEsmo
to go mountaineering	fare l'alpinismo	fArey l'alpeenEEsmo
mouse	il topo	eel tOpo
moustache	i baffi	ee bAf-fee
to have a moustache	avere i baffi	avArey ee bAf-fee
mouth	la bocca	la bOk-ka
to move in	trasferirsi	trasferEErsee
to move out	traslocare	traslokArey
to mow the lawn	tosare il prato	tosArey eel prAto
to multiply	moltiplicare	molteepleekArey
music	la musica	la mOOseeka
classical music	la musica classica	la mOOseeka klAs-seeka
pop music	la musica pop	la mOOseeka pOp
musician (m,f)	il/la musicista	eel/la mooseechEEsta
mustard	la senape	la sEnapey
My name is…	Mi chiamo...	mee kyAmo

N

naked	nudo(a)	nOOdo(a)
name	il nome	eel nOmey
first name	il nome di battesimo	eel nOmey dee bat-tAIseemo
surname	il cognome	eel conyOmey
His name is…	Si chiama...	see kyAma
My name is…	Mi chiamo...	mee kyAmo
What's your name?	Come ti chiami?	kOmay tee kyAmee
napkin	il tovagliolo	eel tovalyOlo
narrow	stretto(a)	srEt-to(a)
naughty, cheeky	cattivo(a)	kat-tEEvo(a)
navy blue	blu	blOO
near	vicino	veechEEno
near to	vicino a	veechEEno a
neck	il collo	eel kOl-lo
necklace	la collana	la kol-lAna
needle	l'ago (m)	l'Ago
neighbour (m)	il vicino	eel veechEEno
neighbour (f)	la vicina	la veechEEna
nephew	il nipote	eel neepOtey
nest	il nido	eel nEEdo
net	la rete	la rEtey
Netherlands	i Paesi Bassi	ee pa-Esee bAs-see
new	nuovo(a)	nwOvo(a)
New Year's Day	il Capodanno	eel kapodAn-no
New Year's Eve	San Silvestro	san seelvAIstro
Happy New Year	Felice anno nuovo	felEEchay An-no nwOvo
New Zealand	la Nuova Zelanda	la nwOva tzelAnda
news	le notizie	ley notEEtzye
newspaper	il giornale	eel jornAley
newspaper stand	l'edicola (f)	l'edEEkola
next	prossimo(a)	prOs-seemo (a)
next, following	seguente	segwAIntey
the next day	il giorno seguente	eel jOrno segwAIntey
next Monday	lunedì prossimo	loonedEE prOs-seemo
next week	la settimana prossima	la set-teemAna prOs-seema
nice	carino(a)	karEEno(a)

niece	la nipote	la neepOtey
night, at night	la notte	la nOt-tey
nightclub	la discoteca	la deeskotAIka
to go to a nightclub	andare in discoteca	andArey een deeskotAIka
nightdress	la camicia da notte	la kamEEcha da nOt-tey
nine	nove	nOvey
999 call	la chiamata d'emergenza	la kyamAta d'emerjAIntza
nineteen	diciannove	deechan-nOvey
ninety	novanta	novAnta
no	no	nO
no entry (road sign)	divieto d'accesso	deevyAIto d'ac-chAIs-so
no parking	divieto di sosta	deevyAIto dee sOsta
No smoking	Non fumatori	non foomatOree
noisy	rumoroso(a)	roomorOso(a)
north	il nord	eel nOrd
North Pole	il polo nord	eel pOlo nOrd
nose	il naso	eel nAso
note (money)	la banconota	la bankonOta
nothing	niente	nyAIntey
nothing to declare	niente da dichiarare	nyAIntey da deekyarArey
novel	il romanzo	eel romAntzo
November	novembre	novAImbrey
now, nowadays	ora	Ora
number plate	la targa	la tArga
nurse (m)	l'infermiere	l'eenfermyAIrey
nurse (f)	l'infermiera	l'eenfermyAIra

O

oak tree	la quercia	la kwAIrcha
oar	il remo	eel rAImo
obedient	ubbidiente	oob-beedyAIntey
It's one o'clock.	È l'una.	AI l'OOna
It's three o'clock.	Sono le tre.	sOno ley trE
October	ottobre	ot-tObrey
office	l'ufficio (m)	l'oof-fEEcho
offices, office block	gli uffici	ly oof-fEEchee
oil (engine/food)	l'olio (m)	l'Olyo
old	vecchio(a)	vAIk-kyo(a)
elderly	anziano(a)	antzyAno(a)
older than	più grande di	pyoograndey dee
old-fashioned	fuori moda	fwOree mOda
old age	la vecchiaia	la vaikYaya
on	su	soo
one	uno	OOno
onion	la cipolla	la cheepOl-la
only child	il/la figlio(a) unica(a)	eel/la fEElyo (a) OOniko (a)
open	aperto(a)	apAIrto(a)
to open	aprire	aprEErey
to open a letter	aprire una lettera	aprEErey oona lAIt-tera
to open the curtains	aprire le tende	aprEErey ley tAIndey
opera	l'opera (f)	l'Opera
operating theatre	la sala operatoria	la sAla operatOrya
operation	l'operazione (f)	l'operazyOney
opposite	di fronte(a)	dee frOntey(a)
orange (colour)	arancione	aranchOney
orange (fruit)	l'arancia (f)	l'arAncha
orchard	il frutteto	eel froot-tEto
orchestra	l'orchestra (f)	l'orkAIstra
to order	ordinare	ordeenArey

ostrich	lo struzzo	lo strOOtz-zo	petrol station	il distributore	eel deestreebootOrey
out (for sports)	fuori!	fwOree		di benzina	dee bendzEEna
out, out of	da	da	to fill up with	fare il pieno	fArey eel pyAIno
out of focus	sfocato(a)	sfokAto(a)	petrol		
oven	il forno	eel fOrno	petticoat, slip	la sottana	la sot-tAna
over	sopra	sOpra	photograph	la foto	la fOto
to overtake	sorpassare	sorpas-sArey	to take a photo	fotografare	fotografArey
overtime	lo straordinario	lo stra-ordeenAryo	photographer (m)	il fotografo	eel fotOgrafo
owl	la civetta	la chivAIt-ta	photographer (f)	la fotografa	la fotOgrafa
			photography	la fotografia	la fotografEEa
P			physics	la fisica	la fEEseeka
			piano	il piano	eel pyAno
Pacific Ocean	il Pacifico	eel pachEEfeeko	to play the piano	suonare il piano	swonArey eel pyAno
to pack	fare le valigie	fArey ley valEEjey	to pick	raccogliere	rak-kolYAIrey
packet	il pacchetto	eel pak-kEt-to	to pick flowers	cogliere i fiori	kolYAIrey ee fyOree
to paddle	guazzare	gwatz-zArey	to pick up	raccogliere	rak-kOlyairey
paint	il colore	eel kolOrey	to pick up the	staccare il	stak-kArey eel
to paint	dipingere	deepEEnjerey	receiver	ricevitore	reecheveetOrey
painter (m)	il pittore	eel peet-tOrey	picnic	il picnic	eel peekneek
painter (f)	la pittrice	la pit-trEEchey	pig	il maiale	eel maYAIey
painting	il dipinto	eel deepEEnto	pigeon	il piccione	eel peech-chOney
pale	pallido(a)	pAI-leedo(a)	pill	la pillola	la pEEl-lola
paper	la carta	la kArta	pillow	il guanciale	eel gwanchAIey
paperback	il libro tascabile	eel lEEbro taskAbeeley	pilot	il pilota	eel peelOta
parcel	il pacco	eel pAk-ko	pin	lo spillo	lo spEEl-lo
parents	i genitori	ee jeneetOree	pine tree	il pino	eel pEEno
park	il parco	eel pArko	pink	rosa	rOsa
park keeper	il guardiano	eel gwardyAno del	pitch (for football)	il campo di calcio	el kAmpo dee kAlcho
	del parco	pArko	to pitch a tent	montare la tenda	montArey la tAInda
to park	parcheggiare	parkej-jArey	planet	il pianeta	eel pyanEta
no parking	divieto di sosta	deevyAlto dee sOsta	plate	il piatto	eel pyAt-to
parliament	il parlamento	eel parlamEnto	plaits	le trecce	ley trEc-chey
party (celebration)	la festa	la fAlsta	to plant	piantare	pyantArey
party leader (m,f)	il capo del	eel kApo del	plastic	la plastica	la plAsteeka
	partito (m,f)	partEEto	made of plastic	di plastica	dee plAsteeka
party (political)	il partito	eel pArteeto	platform	il marciapiede	eel marchapyAIdey
passenger (m)	il passeggero	eel pas-sej-jAIro	platform ticket	il biglietto d'ingresso	eel beelyEt-to
passenger (f)	la passeggera	la pas-sej-jAIra			d'eengrAIs-so
passport	il passaporto	eel pas-sapOrto	play (theatre)	il lavoro teatrale	eel lavOro taiyatrAIey
past	il passato	eel pas-sAto	to play (an instrument)	suonare	swonArey
in the past	nel passato	ne pas-sAto	to play (games)	giocare	jokArey
pasta	la pasta	la pAsta	to play cards	giocare a carte	jokArey a kArtey
pastry, cake	la pasta	la pAsta	to play chess	giocare a scacchi	jokArey a skAk-kee
path	il sentiero	eel sentyAIro	to play draughts	giocare a dama	jokArey a dAma
patient (wounded)	il paziente	eel patzyAIntey	to play football	giocare a calcio	jokArey a kAlchyo
pattern (knitting)	il modello	eel modAIl-lo	to play golf	giocare a golf	jokArey a gOlf
pavement	il marciapiede	eel marchapyAIdey	to play squash	giocare a squash	jokArey a skwOsh
paw	la zampa	la tzAmpa	to play tennis	giocare a tennis	jokArey a tAIn-nees
PE	la ginnastica	la jin-nAsteeka	player (m)	il giocatore	eel jokatOrey
pea	il pisello	eel peesAIl-lo	player(f)	la giocatrice	la jOkatrEEchey
peaceful	tranquillo(a)	trankwEEl-lo (a)	playful	giocherellone	jokerel-lOney
peach	la pesca	la pAIska	playground	il cortile della scuola	eel kortEEley dEl-
pear	la pera	la pEra			la skwOla
pedestrian	il pedone	eel pedOney	Please find	In allegato trovate	een al-legAto
pedestrian crossing	le strisce pedonali	ley strEEshey	enclosed…		trovAtey
		pedo-nAlee	pleased with	contento(a) di	kontAInto(a) dee
pen	la penna	la pEn-na	to plough	arare	arArey
ball-point pen	la penna a sfera	la pEn-na a sfAIra	plug (electric)	la spina	la spEEna
pencil	la matita	la matEEta	plug (for bath)	il tappo	eel tAp-po
pencil case	l'astuccio (m)	l'astOOc-cho	plum	la prugna	la prOOnya
penguin	il pinguino	eel peengwEEno	plumber	l'idraulico (m)	l'eedraoolEEko
pepper	il pepe	eel pEpey	plus	più	pyOO
to perch	appollaiarsi	ap-pol-laYArsee	pocket	la tasca	la tAska
to perform, to	recitare	recheetArey	poetry	la poesia	la po-esEEa
appear on stage			polar bear	l'orso (m) bianco	l'Orso byAnko
perfume	il profumo	eel profOOmo	police	la polizia	la poleetzEEa
petrol	la benzina	la bentzEEna	police car	l'automobile (f)	l'awtomObeeley dEl-
				della polizia	poleetzEEa

police station	il posto di polizia	eel pOsto dee poleetzEEa
policeman/woman	il/la poliziotto	ee/la politzyOt-to
polite	gentile	gentEEley
politics	la politica	la polEEteeka
pond	lo stagno	lo stAnyo
poppy	il papavero	eel papAvero
popular	popolare	popolArey
pork chop	la costoletta di maiale	la kostolEt-ta dee maYAley
port	il porto	eel pOrto
porter	il facchino	eel fak-kEEno
porthole	l'oblò	l'oblO
to post	imbucare	eembookArey
post office	l'ufficio (m) postale	l'ooffEEchyo postAley
postal code	il codice postale	eel kOdeechey postAley
post-box	la buca delle lettere	la bOOka del-ley lAltterey
postcard	la cartolina	la kartolEEna
postman	il postino	eel postEEno
potato	la patata	la patAta
to pour	versare	versArey
powerboat	il motoscafo	eel motoskAfo
precise	preciso(a)	prechEEso(a)
prescription	la ricetta	la richAlt-ta
present (gift)	il regalo	eel regAlo
present (now)	il presente	eel preAlntey
president (m)	il presidente	eel preseedAlntey
president (f)	la presidentessa	la preseedaintEs-sa
pretty	carino(a)	karEEno(a)
price	il prezzo	eel prAltz-zo
prime minister (m,f)	il primo ministro	eel prEEmo meenEEstro
printed	stampato (a)	stampAto (a)
programme	il programma	eel progrAm-ma
pudding	il dolce	eel dOlchey
puddle	la pozzanghera	la potz-zAnghera
to take someone's pulse	misurare le pulsazioni	meesoorArey lai poolsatzyOney
to pull	tirare	teerArey
pupil (m)	lo scolaro	lo skolAro
pupil (f)	la scolara	la skolAra
puppy	il cucciolo	eel kOOcholo
to purr	fare le fusa	fArey ley fOOsa
purse	il borsellino	eel borsel-EEno
to push	spingere	spEEnjerey
push-chair	il passeggino	eel pas-saij-jEEno
to put	mettere	mEt-terey
to put down	posare	posArey
to bank money	mettere dei soldi in banca	mEt-terey dey dey sOldee een bAnka
pyjamas	il pigiama	eel peejAma

Q

a quarter	un quarto	oon kwArto
a quarter past 10	le dieci e un quarto	ley dyAlchee ey oon kwArto
a quarter to ten	le dieci meno un quarto	ley dyAlchee mEno oon kwArto
to ask a question	fare una domanda	fArey oona domAnda
to queue	fare la coda	fArey la kOda
quiet, calm	quieto(a)	quwyAlto(a)

R

rabbit	il coniglio	eel konEElyo
races, racing	le corse	ley kOrsey
racket	la racchetta	la rak-kEt-ta
radiator	il radiatore	eel radyatOrey
radio	la radio	la rAdyo
railway	la ferrovia	la fer-rovEEa
rain	la pioggia	lá pyOj-ja
rainbow	l'arcobaleno (m)	l'Arko-balEno
raincoat	l'impermeabile (m)	l'eemperme-Abeeley
raindrop	la goccia di pioggia	la gOc-cha dee pyOj-ja
to rain	piovere	pyOverey
It's raining.	Piove.	pyOvey
rake	il rastrello	eel rastrAll-lo
raspberry	il lampone	eel lampOney
raw	crudo(a)	crOOdo(a)
razor	il rasoio	eel rasOyo
to read	leggere	lAlj-jerey
to read a book	leggere un libro	lAlj-jerey oon lEEbro
to read a story	leggere una storia	lAlj-jerey oona stOrya
It's ready.	a tavola!	a tAvola!
receipt	lo scontrino	lo skontrEEno
to receive	ricevere	reechEverey
receiver	il ricevitore	eel richeveetOrey
reception (hotel)	la réception	la reseptyOn
recipe	la ricetta	la reechAlt-ta
record	il disco	eel dEEsko
record player	il giradischi	eel jiradEEskee
record shop	il negozio di dischi	eel negOtzyo dee dEEskee
rectangle	il rettangolo	eel ret-tAngolo
red	rosso(a)	rOs-so(a)
red hair	i capelli rossi	ee kapEl-lee rOs-see
reed	la canna	la kAn-na
referee	l'arbitro (m)	l'Arbeetro
to be related to	essere parente di	Als-serey parAlntey dee
to reserve	prenotare	prenotArey
to reserve a room	prenotare una camera	prenotArey oona kAmaira
to reserve a seat	prenotare un posto	prenotArey oon pOsto
reserved seat	il posto prenotato	eel pOsto prenotAto
to rest	riposarsi	reeposArsee
restaurant	il ristorante	eel reestorAntey
to retire	andare in pensione	andArey een pensyOney
by return	a giro di posta	a jEro dee pOsta
return ticket	il biglietto di andata e ritorno	eel beelyEt-to dee andAta ey reetOrno
rice	il riso	eel rEEso
to ride a bicycle	andare in bicicletta	andArey een beecheeclEt-ta
on the right	(a) sinistra	seenEEstra
right side	la parte sinistra	la pArtey seenEEstra
right wing	la destra	la dAlstra
ring (jewellery)	l'anello (m)	l'anAll-lo
to ring	squillare	skweel-lArey
to ring the bell	suonare il campanello	swonArey eel kampanAll-lo
ripe	maturo(a)	matOOro(a)
river	il fiume	eel fyOOmey
road	la strada	la strAda
to roar	ruggire	rooj-jEErey

rock	lo scoglio	lo skOlyo
roll (bread)	il panino	eel panEEno
roof	il tetto	eel tEt-to
room	la stanza	la stAntza
double room	la camera doppia	la kAmera dOp-pya
single room	la camera singola	la kAmera sEEngola
rose	la rosa	la rOsa
roundabout (for children)	il carosello	eel karos-sEl-lo
to row (a boat)	remare	remArey
rowing boat	la barca a remi	la bArka a rAlmee
to rub your eyes	stropicciarsi gli occhi	stropeec-chArsee ly ok-kee
rubber	la gomma	la gOm-ma
rude	scortese	skortAisey
rucksack, backpack	lo zaino	lo tzAeeno
ruler	la riga	la rEEga
to run	correre	kOr-rerey
to run away	scappare	skap-pArey
running shoes	le scarpe da jogging	lay skArpey da jOg-ging
runway	la pista	la pEEsta
Russia	la Russia	la rOOs-sEEa

S

safety belt	la cintura di sicurezza	la cheentOOra dee seekoorEtz-za
sailor	il marinaio	eel mareenAyo
salad	l'insalata (f)	l'eensalAta
salami	il salame	eel salAmey
salary	il salario	eel salAryo
sale (in shop)	la svendita	la zvEndeeta
salmon	il salmone	eel salmOney
sales representative	il/la rappresentante di commercio	eel/la rap-presentAntey dee kom-mAIrcho
sales (shop discounts)	i saldi	ee sAldee
salt	il sale	eel sAley
same	uguale	oogwAley
the same age as…	la stessa età di…	la stEs-sa etA dee
sand	la sabbia	la sAb-bya
sandals	i sandali	ee sAndalee
sandcastle	il castello di sabbia	eel kastAll-lo dee sAb-bya
satchel	la cartella	la kartAll-la
Saturday	sabato	sAbato
saucepan	la pentola	la pEntola
saucer	il piattino	eel pyat-tEEno
sausage	la salsiccia	la salsEEc-cha
saw	la sega	la sEga
to say	dire	dEErey
scales	la bilancia	la beelAncha
Scandinavia	la Scandinavia	la skandeenAvya
scarecrow	lo spaventapasseri	lo spavAIntapAs-seree
scarf	la sciarpa	la shArpa
scenery (theatre)	la scena	la shAIna
nursery school	la scuola materna	la skwOla matAIrna
at nursery school	alla scuola materna	al-la skwOla matAIrna
primary school	la scuola elementare	la skwOla elementArey
secondary school	il liceo	eel leechAI-o
at (secondary) school	al liceo	al leechAI-o
the school year	l'anno scolastico	l'An-no skolAsteeko
beginning of the school year	l'inizio (m) dell'anno scolastico	l'eenEEtzyo del-l'An-no skolAsteeko

end of school year	la fine dell'anno	la fEEney del-l'An-no SkolAsteeko
scissors	le forbici	ley fOrbeechee
to score a goal	fare un goal	fArey oon gOl
screwdriver	il cacciavite	eel kAc-cha-vEEtey
sea	il mare	eel mArey
sea food	i frutti di mare	ee frOOtee dee mArey
seagull	il gabbiano	eel gab-byAno
to be seasick	soffrire di mal di mare	sof-frEErey dee mAl dee mArey
at the seaside	al mare	al mArey
season	la stagione	la stajOney
season ticket	l'abbonamento (m)	l'ab-bonamEnto
seat	il posto	eel pOsto
seaweed	l'alga (f)	l'Alga
second (unit of time)	il secondo	eel sekOndo
second	secondo	sekOndo
second (for dates only)	il due	eel dOOey
second class	la seconda classe	la sekOnda klAs-sey
second floor	il secondo piano	eel sekOndo pyAno
secretary (m)	il segretario	eel segretAryo
secretary (f)	la segretaria	la segretArya
See you later.	A presto!	a prAIsto
seeds	i semi	ee sEmee
to sell	vendere	vEnderey
to send	mandare	mandArey
I am sending (…) separately	ti invio con plico separato	tee eenvYo kon plEEko separАto
to send a postcard	mandare una cartolina	mandArey oona kartolEEna
to send a telegram	mandare un telegramma	mandArey oon telegrAm-ma
sentence	la frase	la frАsey
September	settembre	set-tAImbrey
to serve (meal/sport)	servire	servEErey
service	servizio	servEEtzyo
Is service included?	È compreso il servizio?	AI komprEso eel servEEtzio
Service not included	Senza servizio	sEntza servEEtzeeo
seven	sette	sAIt-tey
seventeen	diciassette	deechas-sAIt-tey
seventy	settanta	set-tAnta
to sew	cucire	coochEErey
shade	l'ombra (f)	l'Ombra
to shake	agitare	ajeetArey
to shake hands with	dare la mano a	dArey la mAno a
shallow	poco profondo(a)	pOko profOndo(a)
shampoo	lo shampoo	lo shAmpo
shape	la forma	la fOrma
sharp	aspro	Aspro
to shave	farsi la barba	fArsee la bArba
electric shaver	il rasoio elettrico	eel rasOyo elAIt-treeko
shaving foam	la schiuma da barba	la skyOOma da bArba
sheep	la pecora	la pAIkora
sheepdog	il cane pastore	eel kAney pastOrey
sheet	il lenzuolo	eel lenzwOlo
shell	la conchiglia	la konkEElya
to shine	brillare	breel-lArey
ship	la nave	la nAvey
shirt	la camicia	la kamEEcha
shoes	le scarpe	ley skArpey
tennis shoes	le scarpe da tennis	ley skArpey da tAIn-nees

English	Italian	Pronunciation
shops	i negozi	ee negOtzee
shop assistant (m)	il commesso	eel kom-mEs-so
shop assistant (f)	la commessa	la kom-mEs-sa
shopkeeper	il/la negoziante	eel/la negotzyAntey
shopwindow	la vetrina	la vetrEEna
to shop at the market	fare la spesa al mercato	fArey la spEsa al merkato
to go shopping	fare le spese	fArey ley spEsey
shopping bag	la borsa della spesa	la bOrsa del-la spEsa
short	corto(a)	kOrto(a)
to be short	essere basso(a)	Ais-serey bAs-so(a)
shoulder	la spalla	la spAl-la
to shout	gridare	greedArey
shower	la doccia	la dOc-cha
to have a shower	fare la doccia	fArey la dOc-cha
shut	chiuso	kyOOso
shy	timido(a)	tEEmeedo(a)
to be sick	vomitare	vomeetArey
side	il lato	eel lAto
to sightsee	visitare	veeseetArey
signpost	l'indicatore (m) stradale	l'eendikatOrey stradAley
silly	sciocco(a)	shOk-ko(a)
silver	l'argento (m)	l'arjAInto
made of silver	d'argento	d'arjAInto
to sing	cantare	kantArey
to sing out of tune	stonare	stonArey
singer (m,f)	il/la cantante	eel/la kantAntey
a single room	una camera singola	oona kAmera sEEngola
sink (wash basin)	il lavandino (m)	eel lavandEEno
sister	la sorella	la sorAll-la
to sit an exam	passare un esame	pas-sArey oon esAmey
to sit by the fire	essere seduto(a) davanti al caminetto	Ais-serey sedOOto(a) davantee al kamEEnet-to
to sit down	sedersi	sedErsee
to be sitting down	essere seduto(a)	Ais-serey sedOOto(a)
six	sei	sAly
sixteen	sedici	sedEEchee
sixty	sessanta	ses-sAnta
size	la taglia	la tAlya
What size is this?	che taglia è?	ke tAlya ai?
skis	gli sci	ly shee
ski boots	gli scarponi	lee skarpOnee
ski instructor	l'insegnante (m) di sci	l'eensentAntey dee shEE
ski pole	il bastone da sci	eel bastOney da shEE
ski resort	la stazione invernale	la statzyOney eenvernAley
ski slope, ski run	la pista	la pEEsta
to go skiing	andare a sciare	andArey a shyArey
skilful, good with your hands	abile	Abeeley
skin	la pelle	la pAll-ley
skirt	la gonna	la gOn-na
sky	il cielo	eel chyAllo
skyscraper	il grattacielo	eel grAt-ta-chyAllo
sledge	la slitta	la slEEt-ta
to sleep	dormire	dormEErey
Sleep well.	Dormi bene.	dOrmee bAlney
sleeping-car	il vagone letto	eel vagOney lAlt-to -
sleeping bag	il sacco a pelo	eel sAk-ko a pElo
to be sleepy	avere sonno	avErey sOn-no
slide	lo scivolo	lo shEEvolo
slim	snello(a)	snEl-lo(a)
to slip	scivolare	sheevolArey
slippers	le pantofole	ley pantOfoley
slope	il pendio	eel pendYo
slow	piano(a)	pyAno(a)
to slow down	rallentare	ral-lEntArey
small	piccolo(a)	pEEk-kolo(a)
to smile	sorridere	sor-rEEderey
smoke	il fumo	eel fOOmo
snake	il serpente	eel serpAlntey
to sneeze	starnutire	starnootEErey
to snore	russare	roos-sArey
snow	la neve	la nEvey
It's snowing.	Nevica.	nEveeka
snowman	il pupazzo di neve	eel poopAtz-zo dee nEvey
soaked to the skin	bagnato(a) come un pulcino	banyAto(a) kOmey oon poolchEEno
soap	il sapone	eel sapOney
society	la società	la sochetA
socks	i calzini	ee kaltzEEnee
sofa	il divano	eel deevAno
soft	morbido(a)	mOrbeedo(a)
soil	la terra	la tAlr-ra
soldier	il soldato	eel soldAto
sole (fish)	la sogliola	la solyOla
someone	qualcuno	kwalkOOno
son	il figlio	eel fEElyo
only son	il figlio unico	eel fEElyo OOneeko
to sort, to sort out, to arrange	classificare	klAs-seefeekArey
soup	la minestra	la meenAIstra
south	il sud	eel sOOd
South America	l'America (f) latina	l'amAIreeka latEEna
South Pole	il polo sud	eel pOlo sOOd
to sow	seminare	semeenArey
space	lo spazio	lo spAtzyo
spaceship	la nave spaziale	la nAvey spatzyAle
spade	la vanga	la vAnga
spade (smaller spade or toy)	la paletta	la palAlt-ta
Spain	la Spagna	la spAnya
Spanish (language or subject)	lo spagnolo	lo spanyOlo
sparrow	il passero	eel pAs-sero
spelling	l'ortografia (f)	l'ortografEEa
to spend money	spendere soldi	spAInderey sOldee
spices	le spezie	le spAltzyey
spider	il ragno	eel rAnyo
spinach	gli spinaci	ly speenAchee
to splash	spruzzare	sprootzArey
spoon	il cucchiaio	eel kook-kyAyo
sport	lo sport	lo spOrt
sports equipment	gli articoli sportivi (m. pl)	ly artEEkolee sportEEvi
spotlight	il proiettore	eel proyet-tOrey
spotted	a pallini	a pal-lEEnee
to sprain your wrist	slogarsi la mano	slogArsee la mAno
spring	la primavera	la preemavAlra
square (shape)	il quadrato	eel kwadrAto
square (in a town)	la piazza	la pyAtz-za
to play squash	giocare a squash	jokArey a skwosh
squirrel	lo scoiattolo	lo skoyAt-tolo
stable	la scuderia	la skooderEEa
stage (theatre)	il palcoscenico	eel palkoshAIneeko
staircase	la scala	la skAla
stamp	il francobollo	eel frAnkobOl-lo
to stand up	alzarsi	altzArsee
to be standing	stare in piedi	stArey een pyAldee
star	la stella	la stEl-la

English	Italian	Pronunciation
to start off (in vehicle)	mettere in moto	mEt-terey een mOto
starter (of meal)	l'antipasto (m)	l'anteepAsto
station	la stazione	la statzyOney
stationers	la cartoleria	la kartolerYa
statue	la statua	la stAtooa
to stay in a hotel	stare in albergo	stArey een albAIrgo
steak	la bistecca	la beestEk-ka
to steal	rubare	roobArey
steep	ripido(a)	rEEpeedo(a)
steering wheel	il volante	eel volAntey
to stick	incollare	eenkol-lArey
sticking plaster	il cerotto	eel cherOt-to
to sting	pungere	pOOnjerey
stomach	lo stomaco	lo stOmako
to have a stomach ache	avere mal di stomaco	avErey mAl dee stOmako
story	la storia	la stOrya
stove	il fornello	eel fornAll-lo
straight hair	i capelli lisci	ee kapEl-lee lEEshee
to go straight on	continuare diritto	kontinwArey direet-to
strawberry	la fragola	la frAgola
stream	il ruscello	eel rooshAll-lo
street	la strada	la strAda
street light	il lampione	eel lampyOney
side street	la traversa	la travAIrsa
one way street	il senso unico	eel sAnso OOneeko
to stretch	stirarsi	steerArsee
stretcher	la barella	la barAll-la
striped	a righe	a rEEghey
strong (m, f)	forte	fOrtey
student (m)	lo studente	lo stoodAIntey
student (f)	la studentessa	la stoodentEs-sa
to study	studiare	stoodyArey
subject (of study)	la materia	la matAIrya
to subtract	sottrarre	sot-trAr-rey
suburb	il sobborgo	eel sob-bOrgo
subway	il sottopassaggio	eel sot-topas-sAj-jo
sugar	lo zucchero	lo tzOOk-kero
suitcase	la valigia	la valEEja
summer	l'estate (f)	l'estAtey
summit	la cima	la chEEma
to do sums, to calculate	calcolare	kalkolArey
sun	il sole	eel sOley
The sun is shining.	C'è il sole.	chAI eel sOley
to sunbathe	prendere il sole	prAIndErey eel sOley
Sunday	domenica	domEneeka
sunglasses	gli occhiali da sole	ly ok-kYAlee da sOley
sunrise	il sorgere del sole	eel sOrjerey dEl sOley
sunset	il tramonto	eel tramOnto
sunshade	l'ombrellone (m)	l'ombrel-lOney
suntan lotion	la crema abbronzante	la krAlma ab-bronzAntey
supermarket	il supermercato	eel soopermerkAto
to go to the supermarket	andare al supermercato	andArey al soopermerkAto
supper	la cena	la chEna
surgeon	il chirurgo	eel keerOOrgo
surname	il cognome	eel konyOmey
to sweat	sudare	soodArey
sweet, charming	carino(a)	karEEno(a)
sweet (sugary)	dolce	dOlchey
sweet-smelling	profumato(a)	profoomAto(a)
to swim	nuotare	nwotArey
to swim, to have a swim	fare il bagno	fArey eel bAnyo
swimming pool	la piscina	la peeshEEna
swing	l'altalena (f)	l'altalEna
to switch the light off	spegnere la luce	spEnyerey la lOOchey
to switch the light on	accendere la luce	ac-chAIndErey la lOOchay
Switzerland	la Svizzera	la svEEtzera

T

English	Italian	Pronunciation
table	la tavola	la tAvola
bedside table	il comodino	eel komodEEno
to lay (the table)	apparecchiare la tavola	ap-parek-kyArey la TAvola
tablecloth	la tovaglia	la tovAlya
tail	la coda	la kOda
to take	prendere	prAIndErey
to take the bus	andare in autobus	andArey een owtoboos
to take a photograph	fotografare	fotografArey
to take someone's temperature	misurare la temperatura	meezoorArey la temperatOOra
to take off (aeroplane)	decollare	dekol-lArey
to take off (clothes)	togliere	tOlyerey
to take out, to draw out	ritirare	reeteerArey
to take money out	ritirare denaro	reeteerArey denAro
to be tall (m,f)	essere alto (a)	AIs-serey Alto (a)
tame	docile	dochEEley
tanned	abbronzato(a)	ab-bronzAto (a)
tap	il rubinetto	eel roobeenEt-to
to tap your feet	battere il tempo	bAtterey eel tAImpo
taste, flavour	il sapore	eel sapOrey
to taste, to try	assaggiare	as-saj-jArey
It tastes good.	È buono.	AI bwOno
taxes	le tasse	le tAs-sey
taxi	il tassi	eel tas-sEE
to hail a taxi	chiamare un tassi	kyamArey oon tas-sEE
taxi-driver	il/la tassista	eel/la tas-sEEsta
taxi-rank	il posteggio dei tassi	eel postEj-jo dey tas-sEE
tea	il tè	eel tAI
tea towel	l'asciugatoio (m)	l'ashoogatOyo
to teach	insegnare	eensenyArey
teacher	l'insegnante (m,f)	l'eensenyAntey
team	la squadra	la skwAdra
teapot	la teiera	la teyAIra
to tear	stracciare	strachArey
telegram	il telegramma	eel telegrAm-ma
telephone	il telefono	eel telAIfono
telephone area code	il prefisso	eel prefEEs-so
telephone box	la cabina telefonica	la kabEEna telefOneeka
telephone directory	l'elenco (m) telefonico	l'elAInko telefOneeko
telephone number	il numero di telefono	eel noomEro dee telAIfono
to answer the telephone	rispondere al telefono	reespOnderey al telAIfono
to make a telephone call	telefonare, fare una telefonata	telefonArey, fArey oona telefonAta
telescope	il telescopio	eel teleskOpyo
television	il televisore	eel tailaiveesOrey
to have a temperature	avere la febbre	avErey la fAIb-brey

English	Italian	Pronunciation
to take someone's temperature	misurare la temperatura	meezoorArey la temperatOOra
ten	dieci	dyAIchee
tenant (m,f)	il/la locatario(a)	eel/la lokatAryo(a)
tennis	il tennis	eel tAIn-nees
tennis court	il campo da tennis	eel kAmpo da tAIn-nees
tennis shoes	le scarpe da tennis	ley skArpey da tAIn-nees
to play tennis	giocare a tennis	jokArey a tAIn-nees
tent	la tenda	la tEnda
term (school)	il trimestre	eel treemAIstrey
to thank	ringraziare	reengratzyArey
Thank you for your letter of...	Vi ringrazio della Vostra lettera del...	vee reengrAtzyo del-la vOstra lAIt-tera del
Thank you very much.	Mille grazie.	mEEl-ley grAtzyey
That will be.../cost...	Fa...	fa
to thaw	sgelare	zjelArey
theatre	il teatro	eel teAtro
thermometer	il termometro	eel termOmetro
thin	magro(a)	mAgro(a)
Thinking of you	Penso molto a te.	pEnso mOlto a tAI
third	il terzo	eel tAIrtzo
a third	un terzo	oon tAIrtzo
the third (for dates only)	il tre	eel trE
thirteen	tredici	trEdeechee
thirty	trenta	trEnta
to be thirsty	avere sete	avErey sEtey
this evening	stasera	stasEra
this morning	stamattina	stamat-tEEna
a thousand	mille	mEEl-ley
thread	il filo	eel fEElo
three	tre	trE
three quarters	tre quarti	trE kwArtee
through	attraverso	at-travAIrso
to throw	gettare	jet-tArey
thrush	il tordo	eel tOrdo
thumb	il pollice	eel pOl-leechey
thunder	il tuono	eel twOno
thunder storm	il temporale	eel temporAley
Thursday	giovedì	jovedEE
ticket	il biglietto	eel beelyEt-to
airline ticket	il biglietto d'aereo	eel beelyEt-to d'aAIreyo
return ticket	il biglietto di andata e ritorno	eel beelyEt-to dee andAta ey reetOrno
season ticket	l'abbonamento	l'ab-bonamEnto
ticket collector	il controllore	eel kontrol-lOrey
ticket machine	il distributore automatico	eel distreebootOrey owtomAteeko
ticket office	la biglietteria	la beelyet-terEEa
to tidy up	mettere in ordine	mEt-terey een Ordeeney
tie	la cravatta	la kravAt-ta
tiger	la tigre	la tEEgrey
tight	stretto(a)	strEt-to(a)
tights	il collant	eel kol-lAnt
time	il tempo	eel tAImpo
on time	puntuale	poontooAley
to be on time	essere puntuale	AIs-serey poontwAley
What time is it?	che ora è?	kE Ora e
times (maths)	per	pEr
timetable	l'orario (m)	l'orAryo
tin	la scatola	la skAtola
tinned food	il cibo in scatola	eel chEEbo een skAtola
tiny	piccolissimo(a)	peeko-lEEseemo (a)
tip	la mancia	la mAncha
to, towards	verso	vAIrso
today	oggi	Oj-jee
toe	il dito del piede	eel dEEto del pyAIdey
together	insieme	eensyAImey
toilet	il gabinetto	eel gabeenEt-to
tomato	il pomodoro	eel pomodOro
tomorrow	domani	domAnee
tomorrow evening	domani sera	domAnee sEra
tomorrow morning	domani mattina	domAnee mat-tEEna
tongue	la lingua	la lEEngwa
tooth	il dente	eel dAIntey
to have toothache	avere mal di denti	avErey mAl dee dAIntee
toothbrush	lo spazzolino	lo spatz-zolEEno
toothpaste	il dentifricio	eel denteefrEEcho
tortoise	la tartaruga	la tartarOOga
to touch	toccare	tok-kArey
tourist	il/la turista	eel/la toorEEsta
towel	l'asciugamano (m)	l'ashoogamAno
town	la cittadina	la cheet-tadEEna
town centre	il centro	eel chAIntro
town hall	il municipio	eel mooneechEEpyo
toy	il giocattolo	eel jokAt-tolo
track	il binario	eel beenAryo
tracksuit	la tuta	la tOOta
tractor	il trattore	eel trat-tOrey
trade union	il sindacato	eel seendakAto
traffic	il traffico	eel trAf-feeko
traffic jam	l'ingorgo (m)	l'eengOrgo
traffic lights	il semaforo	eel semAforo
train	il treno	eel trAIno
The train from...	Il treno da...	eel trAIno dA
The train to...	Il treno per...	eel trAIno per
inter-city train	il rapido	eel rApeedo
goods train	il treno merci	eel trAIno mAIrchee
to travel by boat, to sail	andare via nave	andArey veea nAvey
traveller (m)	il viaggiatore	eel viaj-jatOrey
traveller (f)	la viaggiatrice	la viaj-jatrEEchey
tray	il vassoio	eel vas-sOyo
tree	l'albero (m)	l'Albero
triangle	il triangolo	eel tryAngolo
trolley	il carrello	eel kar-rAIl-lo
trousers	i pantaloni	ee pantalOnee
trout	la trota	la trOta
trowel	la paletta	la palAlt-ta
true	vero(a)	vEro(a)
trumpet	la tromba	la trOmba
to play the trumpet	suonare la tromba	swonArey la trOmba
trunk (elephant's)	la proboscide	la probOsheedey
T-shirt	la maglietta	la malyEt-ta
Tuesday	martedì	martedEE
Tuesday, the second of June	martedì, due giugno	martedEE, dOOey jOOnyo
tulip	il tulipano	eel tooleepAno
tune	la melodia	la melodEEa
to turn	girare	geerArey
to turn left	voltare a sinistra	voltArey a seenEEstra
to turn right	voltare a destra	voltArey a dAIstra
tusk	la zanna	la tzAn-na
twelve	dodici	dOdeechee
twenty	venti	vEntee
twin brother	il gemello	eel jemAIl-lo
twin sister	la gemella	la jemAIl-la
twins (m)	i gemelli	ee jemAIl-lee
twins (f)	le gemelle	ley jemAIl-ley

two	due	dOOey
tyre	il pneumatico	eel pne-oomAteeko
to have a flat tyre	avere un pneumatico a terra	avErey oon pne-oomAteeko a tAIr-ra

U

umbrella	l'ombrello (m)	l'ombrAIl-lo
uncle	lo zio	lo tzEEo
under	sotto	sOt-to
underground	la metropolitana	la metropoleetAna
underground station	la stazione della metropolitana	la statzyOney dEl-la metropoleetAna
underpants	i pantaloncini	ee pantalonchEEnee
to get undressed	svestirsi	svestEErsee
unemployment	la disoccupazione	dEEsok-koo patzyOney
United States	gli Stati Uniti	ly stAtee oonEEtee
universe	l'universo (m)	l'ooneevAIrso
university	l'università (f)	l'oonivairseetA
to unload	scaricare	skareekArey
up	su	soo
to get up	alzarsi	altzArsee
upstairs	su	soo
to go upstairs	andare su	andArey soo
Urgent message stop phone home stop	urgente stop chiamare a casa	oorgAintey stOp kyamArey a kAsa
useful	utile	OOteeley
usherette	la maschera	mAskera

V

to vacuum	passare l'aspirapolvere	pas-sArey l'aspeerapOlverey
valley	la valle	la vAl-ley
van	il furgone	eel foorgOney
veal	la vitella	la veetAll-la
vegetable patch	l'orto	l'Orto
vegetables	la verdura	la verdOOra
Very well, thank you. (answer to 'How are you?')	Bene grazie.	bAIney grAtzyey
vest	la canottiera	la kanot-tyEra
vicar	il parrocco	eel par-rOk-ko
video	il video registratore	eel vEEde-o rejeestratOrey
video camera	la cinepresa	la cheenaiprEsa
view	il panorama	eel panorAma
village	il paese	eel paEsey
vine	la vite	la vEEtey
vinegar	l'aceto (m)	l'achEto
vineyard	il vigneto	eel veenyEto
violin	il violino	eel vyolEEno
to play the violin	suonare il violino	swonArey eel vyolEEno
to visit, to sightsee	visitare	veeseetArey
volume	il volume	eel volOOmey
to vote	votare	votArey

W

to wag its tail	scodinzolare	skodeentzolArey
wages	il salario	eel salAryo
to wait for	aspettare	aspet-tArey
waiter (m)	il cameriere	eel kameryAIrey
waiter (f)	la cameriera	la kameryAIra
waiting-room	la sala d'aspetto	la sAla d'aspAlt-to
to wake up	svegliarsi	svelyArsee
to walk	camminare	kam-meenArey
to go for a walk	andare a fare una passeggiata	andArey a fArey oona pas-sej-jAta
to walk, to go on foot	camminare	kam-meenArey
to walk barefoot	camminare scalzi (pl)	kam-meenArey skAltzee
to take the dog for a walk	portare fuori il cane	portArey fwOree eel kAney
wall	la parete	la parEtey
wallet	il portafoglio	eel portafOlyo
to wash, to have a wash	lavarsi	lavArsee
to wash up	lavare i piatti	lavArey ee pyAt-tee
to wash your hair	lavarsi i capelli	lavArsee ee kapEl-lee
the washing	il bucato	eel bookAto
washing line	la corda per il bucato	la kOrda pEr eel bookAto
washing machine	la lavatrice	la lavatrEEchey
to do the washing	fare il bucato	fArey eel bookAto
wasp	la vespa	la vAIspa
to watch television	guardare la televisione	gwardArey la televisyOney
watch	l'orologio (m) da polso	l'orolOjo da pOlso
water	l'acqua (f)	l'Ak-kwa
mineral water	l'acqua minerale (f)	l'Ak-kwa meenerAley
watering can	l'annaffiatoio (m)	l'An-nafyatOyo
to waterski	praticare lo sci nautico	pratikArey lo shee nowteeko
wave	l'onda (f)	L'Onda
way, path	il sentiero	eel sentyAIro
to ask the way	domandare la strada	domandAre la strAda
Which way is...?	In quale direzione è...?	een kwAley deeretzyOney AI
weak (m, f)	debole	dEboley
to wear (clothes)	indossare	eendos-sArey
to wear glasses	portare gli occhiali	portArey ly ok-kyAley
weather	il tempo	eel tAImpo
weather forecast	la previsione del tempo	la preveesyOney del tAImpo
What is the weather like?	Che tempo fa?	kE tAImpo fA
wedding	le nozze	ley nOtz-zey
wedding ring	la fede	la fEdey
Wednesday	mercoledì	merkoledEE
weed	l'erbaccia (f)	l'erbAc-cha
to weed	diserbare l'erbaccia	deeserbArey l'erbAc-cha
week	la settimana	la set-teemAna
week-end	il fine settimana	eel fEEney set-teemAna
weeping willow	il salice piangente	eel sAleechey pyangAIntey

126

to weigh	pesare	pesArey
to weigh yourself	pesarsi	pesArsee
weight	il peso	eel pEso
well	bene	bAlney
to have eaten well	aver mangiato bene	avEr manjAto bAlney
Very well, thank you (answer to 'How are you?')	Bene, grazie	bAlney grAtzyey
wellington boots	gli stivali di gomma	ly steevAlee dee gOm-ma
west	l'ovest (m)	l'Ovest
What is the weather like?	Che tempo fa?	kE tAlmpo fA
What size is this?	Che taglia è?	ke tAlya ai?
What time is it?	Che ora è?	kE Ora ai
What's your name?	Come ti chiami?	kOmey tee kyAmee
What would you like?	Che desidera?	key desEEdera
wheat	il grano	eel grAno
wheel	la ruota	la rwOta
wheelbarrow	la carriola	la karyOla
Which way is...?	In quale direzione è...?	een kwAley ai deeretzyOney
to whisper	bisbigliare	beesbeelyArey
white	bianco	byAnco
Who's speaking? (on telephone)	Chi parla?	kEE pArla
width	la larghezza	la larghEtz-za
wife	la moglie	la mOlyey
wild	feroce	ferOchey
wild flowers	i fiori di campo	ee fyOree dee kAmpo
to win	vincere	vEEncherey
wind	il vento	eel vAlnto
window	la finestra	la feenAlstra
to go window-shopping	passeggiare guardando le vetrine	pas-sej-jArey gwardAndo ley vetrEEney
window display, shop window	la vetrina	la vetrEEna
windscreen	il parabrezza	eel parabrEtz-za
to windsurf	praticare il windsurf	pratikArey eel windsurf
It's windy.	C'è vento.	chAl vAlnto
wine	il vino	eel vEEno
wing	l'ala (f)	l'Ala
winter	l'inverno (m)	l'eenvAlrno
Wish you were	peccato che tu non sia qui!	pek-kAto ke too non sYa kwee

with	con	kOn
without	senza	sAlntza
woman	la donna	la dOn-na
wood (forest)	il bosco	eel bOsko
wooden, made of wood	di legno	dee lEnyo
woodwork	la falegnameria	la falenyamerEEa
wool	la lana	la lAna
woollen	di lana	dee lAna
word	la parola	la parOla
to work	lavorare	lavorArey
to go to work	andare al lavoro	andAray al lavOro
world	il mondo	eel mOndo
worst	il/la peggiore	eel/la paij-jOrey
I would like...	Vorrei...	Vor-rAlEE
wrapping	confezione	konfetzyOney
to write	scrivere	skrEEverey
to write a cheque	fare un assegno	fArey oon as-sEnyo
to write a letter	scrivere una lettera	skrEEverey oona lAlt-tera
wrist	il polso	eel pOlso
writing paper	la carta da lettere	la Karta da lAlt-terey

Y

to yawn	sbadigliare	sbadeelyArey
year	l'anno (m)	l'An-no
yellow	giallo(a)	jAl-lo(a)
yes	si	see
yesterday	ieri	yAlree
yesterday evening	ieri sera	yAlree sEra
yesterday morning	ieri mattina	yAlree mat-tEEna
yoghurt	lo yogurt	lo yOgoort
young	giovane (m,f)	jOvaney
young, little	piccolo(a)	pEEk-kolo(a)
younger than...	più giovane di...	pyOO jOvaney dee...
Yours faithfully	Con i migliori saluti	kon ee milyOree salOOtee:

Z

zebra	la zebra	la tzEbra
zero	lo zero	lo tzAlro
zip	la chiusura lampo	la kyoosOOra lAmpo
zoo	lo zoo	lo tzo-o
zoo keeper	il guardiano	eel gwardyAno

First published in 1991 by Usborne Publishing Ltd Usborne House, 83-85 Saffron Hill, London EC1N 8RT England. www.usborne.com
Copyright © 2002, 1991 Usborne Publishing Ltd.

This American edition 2003.